AF502923

SOCIÉTÉ

DES

BIBLIOPHILES NORMANDS

Nº 50

—

M. ÉMILE LESENS

LE GRAND ET VRAI ART

DE

De PIERRE FABRI

PUBLIÉ AVEC INTRODUCTION, NOTES ET GLOSSAIRE

SECOND LIVRE. — POÉTIQUE

IMPRIMERIE ESPÉRANCE CAGNIARD

MDCCCXC

LE SECOND LIVRE

L'ART DE RITHMER

RITHME

Rithme. — Composition de termes simples. — Termes sont ou masculins ou feminins. — *E* vocal et masculin. — *E* feminin. — Masculin contre masculin et feminin contre feminin. — Lignes masculines et feminines. — Difference de *e* masculin et *e* feminin. — Termes en *e* ou en *es*. — Feminins terminés en *nt*. — Termes en *e* feminins. — Reigle generale de masculin et de feminin. — Monosyllabes. — Rithme de vne sillaibe. — Termes de vne sillaibe. — Termes ayant deux vocalz. — De orthographie. — Rithme de ligne. — De incision.

Par les enseignemens declarez cy deuant au premier liure, l'en peult conclurre que rethorique est la royne de la pensee des hommes, qui tourne les couraiges, suadant et dissuadant en tel fin qu'il plaist. Qui est celuy qui ignore quel splendeur de dignité vient a celuy qui sça[illegible] les choses grandes et magnifiques esleuer, et les moyennes peser, et les basses et humbles elegantement de bas et humble langaige temperer ? Notez bien l'exorde d'vne epistolle ou oraison, lisez bien la narration, nombrez bien la diuision, considerez bien la confirmation et confutation, et entendez sainement les epilogues et conclusions : vous iugerez de vous mesmes qu'il n'est point de plus courte maniere ne plus briefue de suader ou dissuader que celle de cest art. Parquoy, la science ia dicte en prose, i'ay intention de traicter de l'art de rithmer, lequel pour aulcun cas est plus plaisant que la prose, car les propositions et mesures delectent plus l'entendement que simple prose; et aussi a celle fin que les deuotz facteurs du champ royal du Puy de l'immaculee Conception de la Vierge ayent plus ardant desir de composer, de tant qu'ilz en congnoissent la maniere, par laquelle leur deuotion croistra, et affin que noz treshonnorez seigneurs et maistres, les princes et poetes laurez d'iceluy Puy, ayent aulcune recreation, ausquelz ie presente ce present liure, en leur suppliant humblement qu'ilz supplient a mon ignorance en corrigeant mes deffaultes.

Rithme n'est aultre chose que langaige mesuré par longueur de syllabes en conueniente termination proporcionallement accentué, lequel se faict en plusieurs manieres ou especes cy aprés declarees. Mais ilz sont aulcuns ignorans qui veullent soustenir qu'ils ont pouoir de croistre ou diminuer a leur plaisance, et de faire ou ballade ou rondeau ou aultre espece de tant de lignes courtes ou longues, ou de clauses, ainsy qu'ilz en ordonneront; lesquelz feroient bien, se ilz trouuoient la science estre dyminutiue, et se ilz auoient les choses requises a vng homme autant qu'ilz puissent auoir auctorité de imposer contre l'vsage, ainsi qu'il est plus a plain desclaré en logicque, la ou ie prie a telz ignorans qu'ilz ayent recours pour plus brief. Et, combien que les facteurs de maintenant font plus nouuellement que noz anciens n'ont faict, si ne sçauroient ilz riens trouuer a l'art que leur rithme ne soit ou d'vgne simple especc ou mixte de deux ou plusieurs, ainsi que les chantres chantent plus nouuellement; mais ilz ne treuuent rien de nouueau a la science.

Rithme doncques se faict de deux ou plusieurs lignes courtes et longues, et les plus courtes sont de vne lettre ou syllabe, et les plus longues sont de treize, selon les anciens, et, selon les modernes, de vnze.

Rithme de vne lettre.		Rithme de vne syllabe.
g	c	Ie
m	y	dy
o	b	que
g	c	ie
t	t	le
r	i	vy
g	c	ie
m	y	dy

Rithme de douze syllabes et de treize, selon les anciens, qui s'appelle rithme alexandrine, pource que le *rommant Alexandre* en fut faict le premier :

C'est du temps ancien que les bons roys de France
Se ioignirent a paix par iustice garder;
Mais a ce temps present pou y font regarder :
La faulte est craindre Dieu, qui nous tient en souffrance.

Rithme de dix et de vnze :

L'en a de droict, de coustume et d'vsage
Que, quant l'en voit que vng homme se marrist,
Soit tort, soit droict, on s'en mocque et s'en rit;
Et puis, s'il veult, rapaise son courage.

Et, pour auoir plus facille inuention de motz ou termes a composer la rithme des lignes courtes ou longues, l'en doibt regarder se les termes simples se sçauroient composer auec « com, par, de, des, cum, sub, re » et plusieurs aultres. Exemple : ce terme cy « mectre » se compose auec *com,* et faict « commectre », et auec *des,* et dict l'en « desmectre » et « demectre » et « submettre », et « remectre » et « permectre », et ainsi des aultres en les deduisant par les lettres de l'*a, b, c,* comme « acquiette, baquette, caquette, iaquette, laquette, » etc.

Item, fault regarder se le terme est point equiuocque, comme « iaqueste » de « iaquette, vne iaqueste, » etc.

Item, il est requis, quant l'en treuue en fin de ligne vng terme trop fort a trouuer semblable terme a luy correspondant, qu'il soit osté et mis dedens ligne, et en son lieu en mettre vng plus facille, car volantiers on ne treuue gueres de termes correspondant a « clerc, drap, eaue, bouys, » de vne syllabe; « coeffe, Dieppe, » etc.

En aprés est assauoir que tous motz ou termes qui finissent la ligne de rithme sont ou masculins ou feminins en premiere diuision ; et des masculins, aulcuns se feminisent, et aulcuns non ; et des feminins, aulcuns sont singuliers ou pluriers, et les aulcuns se masculinisent et les aulcuns non.

Il est a noter que ce vocal *e* en nostre vulgaire se profere plainement, comme « bouté, » ou remissiuement et n'a point son plain son, comme « article, possible. »

Et tout terme est dict masculin, quelque fin ou terminaison qu'il ait, se ce n'est quant il se termine en *e* remissiuement pronuncé ; car, se *e* en fin de ligne est pronuncé parfaictement, le terme est masculin, comme « auctorité, verité, pouretć, » etc.

Quant *e* est feminin et submissiuement pronuncé en fin de terme, ou il est simple, comme « belle » et « bonne, » ou composé auec *s*, comme « eglises, vierges, pucelles, » ou auec *nt*, comme « dient, pronuncent, proferent, etc. », lesquelz se disent feminins, pource qu'ilz ne sonnent point si parfaictement leur sillabe comme font les masculins.

Et est a noter que tout masculin se rithme contre masculin, et tout feminin contre feminin ; mais les feminins sont plus longz en rithme, que ne sont les masculins, de leur sillaibe feminine qui n'est appellee que demye sillaibe, ou passe feminine, comme contre vne ligne masculine de huyt sillaibes la ligne feminine correspondente sera de huyt sillaibes et de sa creue feminine qui n'est point de plain pié entier.

Exemple :

De huyt sillaibes suys taillé.
— Et moy de huyt et plus en taille.
— Pour masculin ie suys baillé.
— Et moy pour feminin l'en baille.

L'Infortuné acteur elegant dict ainsi :

Les vers l'en dict masculinez
S'en *e* remis ne se termine.
En *es* ou en *ent* terminez
Le mot qui tousiours se effemine.

Item, nota que les lignes masculines et feminines peuent estre de vne sillaibe iusques a huyt sillaibes egalles, en comptant la passe pour plaine sillaibe, mais l'en ne treuue point ligne de neuf sillaibes masculine, ne de dix feminine, ne de XI. masculine, sans licence poetique.

Nota que le vulgaire françoys n'a point encor mis de difference en escripture entre *e* masculin et *e* feminin, au singulier et terminaison de sillaibe. Exemple : « Cest homme domine ou a dominé ». Mais, quant on luy adioinct *z* ou *s*, il y a difference, car *z* denote qu'il est masculin, et *s*, qu'il est feminin. Exemple : « Ce que deuises, vous le deuisez, et aduisez ce que ie aduises. » Combien que *z* soit vne lettre de Grece, laquelle en latin n'est applicable que aux termes grecz, toutesfoys nostre vulgaire l'a appliquee a celle difference.

L'autre compost de *e* feminin est *nt*, comme « lisent, disent, ouurent, desirent, donnent, reçoyuent. » Mais aulcuns l'orthographient par vng tiltre, comme « reçoyuēt, allerēt, parlerēt, furēt ; » toutesfoys ce n'est *nt* ne *ēt*, car ilz seroyent de semblable orthographie et consonance a « souuent » et « conuiēt, » se c'estoyent semblables lettres. Combien que, en plusieurs contrees et vers le Mayne, l'en profere « alloyent, venoyent, disoyent » de trois sillaibes plaines, et les aultres contrees, ilz proferent « disoynt, venoynt, alloynt » de deux sillaibes ; mais le plus commun, c'est que ilz soyent de sillaibes masculins auec la passe feminine. L'Infortuné elegant acteur, qui a en cest art singulierement recueilly, dit que le terme qui se finist en *e* feminin est singulier, comme « belle, pucelle, bonne et gratieuse, » et ceulx qui se terminent en *es* sont pluriers pour l'addition de *s*.

Exemple :

Feminin singulier me nomme.
— Et moy au plurier ie m'asignes.
Car *e* et *s* sont les signes
Par lesquelz chascun se denomme.

Item, il dict que les motz terminés en *e* ou en *es*, tant aultres que les feminins dessusdictz, se appellent feminins masculinizés, pource qu'ilz sont de semblable orthographie aux masculins, et de semblable prolation et accent aux feminins et masculins.

Exemple :

Feminin suis, se ie deuises,
Mais vous non, se vous deuisez.

> Pour tant a bien rithmer visez.
> Se voullez que a bien rithmer vises.

Aprés, il a dict que les feminins terminez en *ut* sont appellez masculins feminisez, pource qu'ilz se orthographient comme masculins, et se proferent comme feminins.

Exemple :

> Les acteurs qui premier rythmerent
> En leurs escriptz si nous baptisent
> Masculins qui se feminisent;
> C'est ainsi comme ilz nous nommerent.

Par ce qui est dict, l'en peult congnoistre qu'il est des termes terminez en *e* et sont masculins lesquelz ne se sçauroyent feminiser, comme « proprieté, mendicité, liberalité, auctorité. » Les aultres sont feminins, qui ne se sçauroient masculiniser, comme « belle, bonne, nonne, femme, homme. » Les aultres sont communs, tant au masculin comme au feminin, comme sont « donne, honore, domine, determine, auctorise, abandonnes, ordonnes, lanternes, » et demeurent tous masculins, quant ilz ont *r* ou *z* aprés eulx, comme « donne, donner, donnez; honore, honorer, honorez. »

Rigle generalle que tout terme qui peult finer ligne de dix syllabes est masculin, et de XI, il est feminin, excepté les feminins monosillaibes, comme *ie, le, se, de,* etc., lesquelz seroient bien mis en la dixiesme sillaibe, mais ilz sont deffendus d'estre en fin de ligne, pource que ilz sont voluntiers du commencement et moyen de la proposition ou oraison, et l'en ne doibt point commencer en fin de sillaibe et de ligne.

Exemple :

> Que diras tu de nouueau ? Ie di que
> Tout si va mal, et si vous di que ie
> Ay bien grant paour d'encor pirs auoir, se
> Dieu tout puissant n'y remedie de
> Sa grace, etc.

Ce nonobstant, lesdictes monosillaibes feminines ne sont point deffendus en la couppe de IIII. sillaibes, comme sont les feminins pluriers, ainsi qu'il sera desclaré cy aprez au chapitre de couppe ou de punctuation ; et, se l'en trouue aulcunes lignes feminines de dix sillaibes, c'est par licence poetique, comme ce rondeau qui s'ensuit est de huyt sillaibes au masculin et de dix au feminin :

> Car de intollerables ennuys
> Nuys et iours me greuera l'attente,
> Dont ie perdray tous mes deduis.
> Mal me faict que de moy ne s'absente, etc.

Les masculins doncques se rithment contre les masculins, et les feminins termes contre les feminins.

Il a esté dict que les plus courtes rithmes sont lignes de vne lettre ou de vne sillaibe masculine tant seullement, excepté *e* feminin, lequel conioinct auec vng consonant peult composer vng terme de vne sillaibe qui entre en rithme de plain pié, comme vng masculin.

Exemple :

Ce	point.
De	
Ce	
Le	point.
Ce	point.

Les termes qui sont de vne sillaibe sont composez de vng vocal seul, comme *a, o, e, i,* ou de vng vocal et de vng ou plusieurs consonans.

Se de vng vocal et de vng consonant, ou le vocal est deuant le consonant, comme « ar, et, ou, il, or, » ou aprés, comme « va, la, ca, de, ce, le, se, » etc.

Si de plusieurs consonans, ou le vocal est deuant, comme « ars, est, ilz, ors ; » ou au millieu, et a vng consonant deuant et consonant aprez, comme « car, par, sec, pic, dor, pour, » etc. ; ou deux deuant et vng aprez, comme « char, plat, blec, broq, bloq, pluc, clut » ; ou vng deuant et deux aprez, comme « pert, merc, filz, mord, mort, porc, purs, durs, hars, dors, gars, » etc. ; ou deux deuant et deux aprez, comme « grans, blans, prens, franc, plomb, » etc.

Item, il est d'aultres termes qui ont deulx vocalx, comme « veult, deult, peult, fault, sault; vault, plain, aer, groing, pleust, sain, » etc. ; mais les deux ne sont proferez que par vng par diptongue, c'est a dire que ilz se doibuent escripre et non proferer.

Item, il est des termes de trois vocalz, lesquelz sont de vne sillaibe, comme « Dieu, lieu, fieu, » etc.

Item, « creé, procreé, recreé, » etc., quant ilz sont faictz feminins passifz, ilz ont trois *eee* en fin de ligne, comme : « Ie suis creature de Dieu creee, procreee et recreee. » Mais les feminins actifz n'en ont que deux, comme : « Dieu cree, procree et recree les chrestiens. »

Et nota que diptongue n'est aultre chose que deux vocalz proferez par vng. Combien que en latin il n'en soit que quattre en vsage : c'est assauoir *ae, oe, au* et *eu* ; mais en nostre vulgaire il en est plus, comme par *a* : « haa, aer, ayme, aorne, aulne ; » par *e*, comme « dea, eau, hee, neige, Eugene ; » par *i*, comme « diable, Dieu ; » par *o*, comme « coac, coeffe, boire, rouge ; » par *v*, comme « Vuaultier, Vuilhelme, vuoydes, vulgaire. »

Item, il est aulcuns termes qui tiennent l'ortographie du latin, qui ont plus de deux consonans aprés le vocal, comme « prompt, contempt, » et plus de deux deuant le vocal, comme « splendeur ; » mais sur toutes choses l'vsage doibt estre gardé.

Parquoy, pour plus euidentement entendre orthographie et pronunciation, il est a noter que plusieurs termes se orthographient par art ou coustume, et ainsi se proferent.

Les aultres se escripuent et ne se proferent point, comme *et* se orthographie par *e* et *t*, mais le *t* ne se profere point, ne *s* deuant *t*, comme : « Et il estoit bon. Allez tost, et dictes que c'est bien. »

Item, *s* et *t* en fin de mot, lequel en le proferant l'en ne faict point de pause, et la syllabe d'aprés se commence par consonant, il[z] ne se proferent point, comme : « Faictes venir Gabriel de paradis et il vous dira choses diuines. — Haa! gros truant, gros paillart, tu dictz motz dorez, plaisans dictz. »

Item, quant *st* vient après *a*, *s* se profere, comme : « astuce, astrologue, astralabe, chasteté. » Pou auec « hastif » en sont exceptez.

Item, quant *st* vient après *e*, *s* ne se profere point, comme : « C'est vng honneste homme ; le connestable en faict grant feste. » Pou en sont exceptez, auec « manifeste, estimation, reste, peste. »

Item, quant *st* vient après *i*, *s* se profere, comme « distance, histoire. » Il en fault oster « maistre, paistre, naistre, esclistre, cloistre, croistre, » a l'occasion de *r*, qui entre en la sillabe.

Item, quant *st* vient après *o*, *s* ne se profere point, comme « closture, hoste, apostre. » Ostés hors « le roy Coste auec sa « poste postulante ».

Item, quant *st* vient aprez *u*, *s* se profere, comme « coustume, iustice, custode, fuste. »

Item, plusieurs termes retiennent l'orthographie du latin, comme « infect » tient de *infectus*, et « default » ne tient rien de *defectus*, ne « parfaict » de *perfectus*. Ainsi par tout l'vsaige est a obseruer.

Item, il est plusieurs aultres reigles de orthographie lesquelles ie delaisse pour briefueté a l'vsaige a les enseigner, et vueil a mon propos reuenir, c'est a dire que rithme est vne congrue consonance de lettres, sillabes en orthographie et pronunciation en fin de deux lignes ou plusieurs.

Et qui veult rithmer de motz d'vgne sillabe, il conuient qu'ilz soient de semblables lettres en orthographie, en accent ou pronunciation depuis la situation du vocal de ladicte sillabe, soit ledict vocal ou au commencement ou moyen de la sillabe, comme « ar, ars, char, chars, fain, pain, sain. »

Item, s'il y a deux consonans deuant le vocal, le plus prochain doibt demourer, comme « gras, bras, pris, gris, blanc, flanc. »

Nota que sillabe composee de deux consonans deuant le vocal, tousiours le plus prochain consonant de deuant le vocal, c'est *r, l, i, h, l, c,* comme « grant, blanc, charne, maiesté, science. »

Nota de « psalmiste » et « asnodes » qui sont termes grecz.

Après qu'il a esté dict que l'en peult faire rithme de vng mot de vne sillabe ou de vgne lettre, il est assauoir que l'en peult faire rithme de ligne tant masculine que feminine de deux sillabes, par ainsi que la derniere sillabe toute entiere, et de la premiere depuis le vocal d'icelle, soient en orthographie, accent et pronunciation, tout vng, pourueu que le terme soit de deux sillabes.

Exemple :

Masculin		Masculin		
Paillart	Saillart	De honneur	Don heur	
Puant	Truant	Ie suy	Ie suy :	*sequor*
Raillart	Paillart	Donneur	D'honneur	
Paillart	Puant	De honneur	Ie suy.	
	Feminin			
Celle	Belle	I'ayme	Telle	
Quelle	Celle	Belle	Que elle	
Celle	Crayme	Celle belle	I'ayme	

Mais se le terme n'est que de vne sillabe et il en a deux pour ligne, le dernier terme ne peult estre du tout semblable a l'aultre terme, s'il n'est equiuoque; mais fault auoir recours a la rigle cy deuant dicte de termes de vne syllabe, comme « ar, ars, char, chars, fain, pain, » etc.

Par bien	Tout sien
De luy	Ie suy
Me tien	Par bien
Par bien.	De luy.

Qui veult, l'en peult croistre son feminin, demourant le masculin de deux, comme :

Ioyeuse	d'amer
Eureuse	ioyeuse
Piteuse	de amer
Ioyeuse	d'amer.

Et par consequent l'en peult faire tant masculins que feminins de trois syllabes, de quatre, de cinq, six, sept; mais huit et dix sont masculins, neuf et vnze sont feminins; et ne treuue l'en point de ligne masculine de neuf syllabes, ne de feminine de dix, sans licence poetique.

Mais est a noter que toute ligne de plusieurs sillabes, pour la pronuncer plus entendiblement et plus elegamment, oultre les reigles ia dictes de pronunciation au premier liure, porter doibt de soymesmes vne incision ou couppe, a laquelle le lysant se peult et doibt licitement reposer comme point ou fin de sentence; et est ce qui faict la rithme plus armonieuse. Et se peult faire ladicte incision en fin de tous termes, excepté que au champ royal et servantoys, la ou l'incision ou couppe doibt estre sur la quatriesme syllabe masculine.

Nota que les Picars l'appellent rithme batelee.

Exemple de incision aprez la premiere syllabe :

> Paix, escoutez que ie vueil dire :
> Mais n'y pensez sinon pour rire.

Exemple de deux :

> Pensez que mourir nous conuient.
> Pou sont a qui il en souuient.

Exemple de trois :

> Par raison il fault rendre ou pendre,
> Ou il fault du feu mort attendre.

Exemple de quatre :

> Que ferons nous, dit Boutechouque,
> A Boucachart de ces Dieppois ?

> Vueillent ou non mesdisans enuieux,
> Pucelle suis et demourray pucelle.

Et ainsi iusques en fin de ligne.

Et nota que selon l'antique maniere de rithmer de douze et traize syllabes, l'incision est sur la sixiesme syllabe, comme cy :

Le moyne Alexis.

Dieu parle :

Ma mere m'enfanta pure en virginité,
Car vierge me conceupt sans quelque iniquité,
Sans copulation conceupt diuinement,
Et vierge demoura perpetuellement ;
Car par l'enfantement son corps aulcunement
Ne fut contaminé, dont appert clerement
A bon entendement que sans peché fus né.

DIFFERENCES DE RITHME

EN FIN DE LIGNE

Rithme leonine. — Rithme equiuocque. — Impropre equiuoque. — Synonimes. — Pure reditte. — De reditte.

Or, conuient il maintenant parler des differences des rithmes en fin de ligne. Et premierement de rithme et termineson leonine, qui est la plus noble des rithmes, ainsi que le lyon est le plus noble des bestes, et de laquelle nous auons tousiours parlé cy deuant, quant nous auons dict que rithme en fin de ligne doibt auoir la derniere syllabe, et de la penultime depuis le vocal, semblable orthographie, accentuation et pronunciation; laquelle se faict en plusieurs manieres.

Et premierement equiuoque.

Rithme equiuoque, c'est quant deux ou plusieurs lignes ont leur dernier terme de deux syllabes ou plus entre eulx commun, qui est entendu en plusieurs diuerses et differentes significations.

Exemple :

Tenez, messieurs, ie vous liure
Ce meschant larron qui faict liure,
Lequel a rompu mon estable,
Et en vng lieu ferme et estable
Il est venu rober mon liure.

Et nota que vng terme qui a deux significatz contraires n'est point dict equiuoque, comme « amour » s'entent pour vertu et pour vice.

Exemple :

Malus amor
Les putains ayment par amour
Leurs ruffiens.
Bonus amor
Et tousiours i'ayme par amour
Les anciens.

Item, « targe, escu ; » et leur[s] semblables ne sont point equiuoques en leur[s] deux significatz, pource que l'vn despent de l'autre. Et combien qu'ilz ayent differente signification, nonobstant ilz ne l'ont point diuerse, ainsi qu'il est requis a vng terme equiuocque.

Exemple :

Ie te donneray vne targe,
Voire vng escu,
Mais que tu me rendes ma targe
Et mon escu.

En aultre maniere se faict rithme equiuoque, quant le dernier mot des lignes est de vne syllabe entre eulx commun, mais son significat est different, comme cy :

L'Infortuné :

Equiuoques sont ainsi fais,
Quant sur vng mot a double sens
Comme contrefaictz, pesant fais,
Et d'aultres, comme ie le sentz.

L'Infortuné reprent ceulx qui dient que c'est equiuoque, quant le terme conuient en accent ou pronunciation, mais il `est point commun en ortographie.

L'Infortuné :

L'en m'a faict par plusieurs foys rire
Vouloir faire equiuoque moust. *Pro vino.*
Pas n'est equiuoque de dire :
Paris et Auignon vault moult ;
Et pour ce monde dire mond,
Comme mect maistre Iehan de Meun.
Tel langaige contrainct se font ;
Point ne vault langaige commun.

Il est vne aultre plus basse rithme de impropre equiuoque, quant vng terme de plusieurs syllabes est mis en fin de ligne, et, en l'aultre ligne correspondante, il y a deux ou plusieurs termes qui font differente et diuerse signification, et sont assez de pareille ou semblable orthographie.

Exemple : L'Infortuné :

Ceste rithme, vers tous maintien,
Est equiuoque; par exemple :
Ie te donne ce qu'en main tien,
Et de cest art cy tes yeulx emple.
Ces vers cy le prennent par eulx ;
On s'en peult bien apperceuoir,
Par vers semblables ou pareulx.
Mesmement l'appert par ce ver.

Aultre exemple par excellence.
Sur les clercs et le commun
L'estat de noblesse excelle en ce
Qu'elle deffend chascun comme vng.
Donq a priuillege d'honneur,
Et Dieu, par ses nobles arroys
Donne a noblesse pour don heur,
Tant aux princes, ducz, comme aux roys.

Le Monnier :

De deux dames a qui i'entens
Seruir, au moins faire l'essay,
M'ont commandé que ce gent temps

Voyse a eux, se trouuer les sçay.
Mais tant a que ie les laissay, etc.

Il est encore vne aultre plus basse et moins propre equiuoque, quant les termes des fins des lignes se proferent tout vng, mais sont de differente orthographie, laquelle ne altere point la pronunciation.

Exemple : L'Infortuné :

Equiuoque pris en bon sens
Se peult bien apparoistre ycy
En ces quattre lignes, et sy
Fait l'en ailleurs plus de cinq cens.

Aultre exemple :

Cueur de chesne ne vault aoust bel ;
Les charpentiers l'ont ordonné.
Puis du chesne ilz ostent l'aubel,
Car a brusler est condampné.
Aussi s'il dist qu'il est d'aoust né,
Qui ne sçait l'art de rethorique
Il semble que l'en die dampné,
Quant a pronuncer on s'aplique.

Item, il est vne maniere de equiuoquer ses termes et non point sa rithme, et de ce ne vient a propos.

Mais est a noter que l'en prent equiuoque en aultre maniere et plus largement en cest art que l'en ne faict en grammaire ne logicque ; et, pour mieulx entendre de equiuoque, il est de besoing sçauoir qu'il est d'aulcuns termes qui n'ont que vng significat, comme « pain, vin, terre, » etc., et ne les doibt on point mettre en fin de ligne plusieurs foys, car ce seroit vice de reditte de semblable terme et de semblable substance; et les aultres termes ont deux ou plusieurs significatz differens, et se mettent en fin de ligne et font rithme equiuocque.

Exemple :

Ie vous supply que l'en marie
La pucellote Marion,
Car, se a Ioseph la marion,
Nommer la conuiendra Marie.

Item les termes se disent sinonimes, quant ilz sont diuers et differens, mais ont assez prez semblable signification.

Exemple :

Ainsy se font forment, produisent,
Promectent, commectent, conduisent,
Les synonimes dictions,
Quant ilz sont en conditions
Vnies, pareilles, sortables,
Equiualentes ou semblables,
Comme il est dict en instructeur,
Ou docteur, regent, ou recteur,
Ou prudent, discret, sapient,
Ingenieux, sage et scient.

Et en meet l'en voluntiers trois du plus, aulcuneffoys : le premier positif, le second comparatif, le tiers suppellatif, ou le plus excellent au commencement, le plus commun au millieu, et le plus humble en la fin.

Aulcuns ont voulu faire rithme equiuoque de vng mesme terme en signification actiue et passiue, ou nominalle et verballe, depouente ou gerundiue, ou en diuerses cases, comme : « Fait le faict du faict, » ou « Ie participe du participe, » ou : « Ie medecine les gens de medecine, » ou « Ie suis officier, qui vueil officier, » et : « La mort l'a mis mort », etc. Laquelle maniere a esté fort vsitee es vielz liures, et par les modernes delaissee, especiallement de termes qui semblent prochains en signification, et par lesquelz substance n'est que pou ou point variee. Parquoy sont a reiecter les termes simples auec leurs composez, qui ne varient de substance, mais l'acroissent ou diminuent, comme « belle, tresbelle, bonne, tresbonne, dire, redire, faire, parfaire, plaire, complaire, » etc. ; mais ou la composition mue le significat, c'est bonne rithme, comme « belle, rebelle, puissant, impuissant. »

Nota que « faire, deffaire, puissant, impuissant, iustice, iniustice, » etc., baille contraire significat, mais il n'est point mué comme « belle » qui vient de *pulchra* et « rebelle » de *rebellis*.

Et pour sçauoir la difference de redicte, elle se faict en trois manieres, l'vne qui est de termes synonymes qui signifient vne mesmes chose, comme : « Le sage home ne doibt aller trop fort, s'il ne veult ambuler. » L'autre, quant les termes composez ne varient point le significat de leur simple, mais l'acroissent ou diminuent, comme : « Ie n'ay pas eu la belle femme et bonne, mais ie la tiens pour tresbelle et tresbonne. » L'aultre redicte est a tous apparente : c'est quant c'est semblable terme qui ne mue point son significat, comme : « Qui veult amys auoir, il fault argent auoir. » Le demourant se faict au chapitre de redicte cy aprez.

En aprez il est vne aultre rithme leonine qui se faict, quant la derniere syllabe, et de la penultime depuis le vocal du moins, sont semblables en accent, orthographie et pronunciation, ainsy qu'il a esté [dict] cy deuant en parlant de rithme de deux syllabes.

Exemple :

Glorieuse vierge pucelle,
Qui es de Dieu mere et ancelle,
Pardonne moy tous mes pechez
Desquelz ie suis fort entechez, etc.

Item, en rithme leonine feminine, *e* de la derniere syllabe ne se compte point, mais fault commencer a l'aultre penultime syllabe. Et tout ce qui s'ensuyt doibt estre de accent, orthographie et pronunciation semblable, comme contre « passee » qui est de deux syllabes, et de sa passe feminine, il faut rithmer « compassee, cassee, lassee, » etc.

Item, les monosyllabes font rithme leonine, quant ilz sont en fin de ligne, se les dernieres syllabes precedentes correspondent et conuiennent aux syllabes des aultres termes.

Exemple :

Vous estes malheureux meschans ;
Qui vous faict escouter mes chantz ?

Fuyez dehors, paillardz, meseaux ;
Ie vous deffens mes boys, mes champs,
Mes prez, mes riuieres, mes eaux.

Aultre exemple :

Sçauez vous pourquoy i'amesgris ?
Pource que pren garde a mes coustz,
Et que par trauailler m'escouz.
A pener i'ay mis ia mes grifz ;
Ie ne vestiray iamais gris ;
Au moins ne seray iamais cous.

Item, orthographie faicte par *z* et par *s* ne perime point rithme leonine, comme « vent de bize » contre « frise, » et « frize, chemise, faintise, » pource que nostre vulgaire vsaige attribue *z* pour *s*.

Item, quant vne lettre se orthographie dedens vne sillabe comme « grifz » et « gris, mes chans, mes champs » et elle ne perime point pronunciation, *pro modico non est curandum*.

Après, s'ensuit vne aultre leonine passante, la quelle a difference en escripture et non point en pronunciation, ou elle a difference en pronunciation et non point en escripture.

Exemple de difference en escripture et non point en pronunciation, comme : « Ie passe en espace. — Ie suis indigné que ie n'ay disné. — Les anciens vendront ceans de bonne iustice ; fault que iugement iuste ysse, » etc.

Vous sçauez bien la main ou mettre,
Grant gouuerneur de la police.
Vous fault il chose que ie puisse?
Ie suis tout a vous, nostre maistre.

Il en est encor vne plus basse rithme de armonieuse consonance en pronunciation, mais tresdifferente en escripture, comme cy :

Messire Iehan dit bien vne epistre;
Encor il ioue mieux vng mistere.
Mon pere luy donne son tiltre ;
Il luy bailla en my ceste aire.
Et si sçays bien qu'il ayme Iehanne,
Car en tous lieux il luy complaist ;
El n'a que dix ans, elle est ieune,
Pour elle a faict maint bon couplet.

Exemple de difference en pronunciation et de conuenience en escripture :

Donnez a disner au roy Coste
D'vng bien tendre monton la coste.
Assiessez deuant luy sa poste
Auprès du val ou de la coste.
Faictes qu'ilz soient assis de coste,
Qu'ilz n'aient point le vent de costé ;
Et s'ainsy traictez bien vostre hoste,
Iamais ne vous sera osté.

Item, les termes de semblable orthographie, desquelz les vngz se proferent en vne syllabe et les aultres en deux, ne font point rithme leonine, pource que les dernieres syllabes ne conuiennent point, comme cy :

> L'autre iour vis vng cordelier
> Qui auoit tant beu et pié,
> Qui conuint de cordes lier,
> Ou il n'eust sceu aller a pié.
> Et, quant ie l'euz bien espié
> Qu'il estoit orguilleux et fier,
> De paour de perdre mon trepié
> Ie ne me osay a luy fier.

Aultre exemple :

> Gentil mignon, de moy que as tu ouy?
> Beau coup secret. Me le diras tu? Ouy.

Et nota que « ouy » venu de *ita* n'est que de vne syllabe, mais « ouy » descendu de *audio* est de deux syllabes, et le tout se prouue par la reigle de dix et vnze, quant on les mect en fin de ligne, et par laquelle se faict tout iugement.

Item, il se fault donner de garde de n'vser point de termes, lesquelz, selon les coustumes des pays, ilz se proferent en diuerses syllabes, comme « iuifz, chrestien, Sebastien, nous allyon, venyon, ilz alloyent, » etc. Et sont plusieurs qui disent que « alloient » et « venoient » ne sont que de deux syllabes, et, s'il estoit vray, ilz auroient en la derniere syllabe six lettres et trois vocalz, desquelz deux suffisent a faire diptongue.

Item, « alloit » et « venoit » en singulier est de deux syllabes;

parquoy « alloient » en plurier, qui croit de lettres, doibt aussi croistre de sa passe feminine.

Item, en aultres places, l'en profere intelligiblement « alloient, venoient » en trois syllabes entieres ; mais, comme il est ia dict, il[z] ne sont point de trois entieres ne de deux seullement, mais sont termes feminins de deux syllabes et leur passe. Et pour souldre toute question, il suffit les mettre en fin de ligne de dix et vnze syllabes, la ou ilz sonneront armonieusement, et la ou l'en congnoist la difference des masculins et des feminins.

En aprez s'ensuyt vne basse rithme caudaire, ainsi dicte pource que vne seulle et derniere syllabe conuient auecques l'aultre aulcuneffoys toute entiere, aulcuneffoys depuis le vocal, et aulcuneffoys en seulle terminaison, comme cy :

Pour l'amour de mon amy,
Le iour de la sainct Remy,
Ie vueil dire vne chanson.
Il est tant gent et mignon ;
Pleust Dieu que fusse auec luy !

Il est vne autre fort basse rythme que l'en appelle rithme de goret ou de boutechouque, qui garde mesure en syllabes, mais en la rithme a pou ou point de conuenience ; laquelle n'est approuuee que entre ruraulx et ignorans qui en font les dictz pour aller a la moustarde, comme cy :

Grant Guillaume :

C'est bel ouurage que de plastre
Quant on le sçait bien mettre a point.
C'est dommage quant on le gaste.
C'est bel ouurage, etc.
Le boissel en vaut demy plaque
Et ne l'auroit on point a moins.
C'est belle ouurage que de plastre
Quant on le sçait bien mettre a point.

DE PLUSIEURS SORTES DE RITHME

[Rythme leonine]. — [Rythme croisée]. — Rythme enchainée. — Rithme de basse enchaineure. — *Anadiplosis* ou gradation. — *Epanalepsis.* — Rythme entrelachee. — Rithme annexe. — Rithme couronnee. — Rithme basse couronnee. — Rithme retrograde.

Après la declaration faicte des termes conueniens en rithme, il conuient desclarer les especes de rithme qui ont certain nombre de syllabes pour ligne et certain nombre de clauses. Par quoy est assauoir que toutes lignes courtes ou longues qui se rithment en leur fin sont de rithme leonine, ou de rithme croisee, et toutes les especes cy aprez desclarees sont comprises soubz toutes deux ou soubz l'vne des deux.

Mais premier fault parler de rithme et lignes de leonine consonance, qui est la plus commune de tous. Combien que bonne rithme croisee soit de termes leonines et bonne rithme leonine ne soit point de termes leonines, comme il est dict deuant, toutesfoys ie prens plus amplement leonine a l'occasion des lignes ainsi ordonnees. Et se fait rithme leonine de courtes lignes ou longues a la plaisance du facteur, tant en masculin que en feminin, de deux lignes du moins de semblable rithme, ou de plus, sans entremesler aultre lysiere. Et se dict leonine, pource qu'elle est aproprice a la semblance de rithme en termes leonines qui ont deux sillabes en conuenience, sans riens entremesler, ou plus qui veult, ainsi qu'il plaist au facteur.

L'Infortuné :

Ainsi se faict et se termine
La rithme qui est leonine.
Ceste reigle est la plus commune
Et la plus aisee que nesune.
Elle est a cela congnoissable
Que vng vers est a l'aultre semblable,
Sans quelque interposition
Ou aultre mediation,
Et sans que ligne on interpose,
Ainsi qu'en bref ie vous propose.

En ceste maniere de lignes leonines, les anciens liures et rommans ont esté escriptz, et metoyent XII. et XIII. sillabes pour ligne, et XX. ou XXX. lignes, toutes de vne lisiere et terminaison;

et encores de present, moralitez et plusieurs liures sont faictz de celle taille. Et maistre Alain en faict iusques a XXIIII. en son *Esperance*, comme il s'ensuit :

Homs qui est formé de terre,
Foyble com vaisseau de verre,
Naist et vit, trauaille et erre
Pour sa bieneureté querre,
Qui est mis au monde en serre
Ainsi qu'en lices de guerre.
La chair l'esmeult et l'enferre,
Et le monde si peult l'enterre.
Or luy fault vertu acquere
Et grace de Dieu exquerre,
Que merites luy asserre,
Par quoy il puisse conquerre
Ceux qui le viennent surquerre.
S'il chiet, s'il fault ou s'il erre,
Luy mesmes tout vif s'aterre,
Et pert toute sa defferre,
Et le bien qu'il debuoit querre.
Donc il a besoing de croirre,
De adorer et de requerre
Cil qui les secretz desserre ;
Car l'oraison c'est le myerre
Que Dieu prent d'home pour erre
De le remettre en son erre.

Item, ledict maistre Alain en faict XXVIII. au *Lay de paix eureuse*, comme il s'ensuyt :

D'ou vient cest aueuglement,
Que si malheureusement
Et si douloureusement,
Par faulte d'entendement
D'auis et de sentement,
Maintient cest eslongnement
Si longuement?
Entendez l'enseignement
Du createur qui ne ment,
Qui pardonna largement
Et vous faitz commandement
Par loy et par testament
De viure paisiblement.
Helas ! Comment
Chet en voz cueurs si griefuement
Et par voz faictz seullement ?
Vostre maison mesmement
Qui estoit le parement
D'honneur soubz le firmament,
Et de la foy fondement,
Est mise a destruisement.
C'est a vostre dannement ;
C'est vng honteux vengement.
Et se bon aduisement
Et piteux consentement
N'y mettent amendement,
Vous en souffrirez tourment
Au iugement, etc.

Et, comme il est ia dict deuant, il n'est pas requis que, en ceste rithme de lignes leonimes, les terminesons ou lisieres soient leonimees, qui ne veult, mais peuent estre caudaires, ou ainsi qu'il plaira au facteur.

Rithme croisee se faict de lignes courtes ou longues du moins de quatre qui se croisent et separent les lignes leonimes, et mect l'en d'aultres lignes entre deux et d'aultre lysiere de semblable ou d'aultre taille. Laquelle maniere de croiser se faict en autant de manieres qu'il plaist aux facteurs, les rigles premierement gardees de armonieuse consonance.

Vne maniere de faire rithme croisee, c'est quant la premiere ligne conuient auec la tierce en lysiere, et la seconde a la quarte, la cinquiesme change lysiere, et conuient auec la septiesme, et la VI. a la VIII., comme cy :

Croysee comme cy on faict
Contre la tierce la premiere.
Aysee est en dict bien parfaict,
Et la façon est bien legiere.
A aulcuns en plaist ceste taille
Et en font bien et largement.
Qui prendra plaisir, si en baille,
Selon son noble entendement.

Vne aultre maniere assez semblable, fors que la quatriesme et cinquiesme lignes sont leonines, et en ceste maniere se font balades bastons de sept et huit lignes communement, come cy :

Puis que les biens doibuent seruir aux hommes
Et qu'ilz sont faictz pour leur subuenement,

Ie m'esbahis comme si folz nous sommes
De nous voulloir asseruir tellement
Aux biens mondains, veu nostre entendement
Qui congnoit bien qu'ilz sont pour nostre affaire.
Ce qui nostre est par commun accident,
Chascun le tient pour son Dieu necessaire.

Le moyne Alexis en ses *Faintises* les croise, ainsi qu'il s'ensuyt :

Tel se demente de rymer,
Qui n'entend ne ryme ne prose.
Tel se faict maistre aux ars clamer,
Qui n'entent ne texte ne glose.
Tel ne veult arer ne semer,
Qui veult bien recueillir les fruictz.
Tel cuide gaigner a la mer,
Dont luy et les siens sont destruictz.

Vne aultre maniere de faire rithme croisee, c'est quant les deux premieres sont leonines auec la quatriesme et cinqui[e]sme, la tierce croisee et la sixiesme et septiesme.

Maistre Alain :

Chetiue nature humaine,
Nee a trauail et a peine,
De fraelle corps reuestue,
Tant es foeble, tant es vaine,
Tendre, paisible, incertaine
Et de leger abatue.

Ton penser te desuertue ;
Ton fol sens te nuist et tue
Et a non sçauoir te maine.
Tant es de poure venue,
Se des cielx ne es soubstenue,
Que tu ne peulx viure saine.

Il en est aussi de trois, de quattre, de cinq et de six lignes premieres toutes leonines, tant en lay, virelay que aultres especes, a la plaisance du facteur.

Maistre Alain, de trois :

Dieu ! Comme se peult il faire
Que homme se veult tant deffaire,
Et par erreur contrefaire
La noble loy de nature,
    Qui tel cure
Prent a le faire durer,
Que pour son mondain affaire,
Ou tousiours a a refaire,
Luy mesmes se veult deffaire
Par mort et desconfiture,
    Pour iniure
Ou pour faulte d'endurer ? etc.   En son *Esperance*.

Exemple de quattre :

O creature perdurable !
Sapience inestimable !
O eternité estable

Et pouoir incomparable!
Bonté que on ne peult comprendre,
Qui tout sçait sans rien aprendre
Et peulx donner et reprendre,
Et fais sans exemple prendre
Les cielz ou n'a que reprendre,
Et la terre corrumpable,
Et par amour charitable
Et charité amyable
Formas homme a toy semblable
De ame viue espiritable
Conioincte a vng pou de cendre, etc. En son *Esperance.*

Exemple de cinq :

Se tu veulx hault aduenir
Et de meschief reuenir,
De tes faictz bien conuenir
Et au confort paruenir,
De bon espoir aduenir
Pour plus acroistre ton bien,
De Dieu te fault souuenir,
Peine et cure soustenir,
A rien vain ne te tenir,
Ton sens trop ne detenir,
Ne fortune maintenir
Qui est vaine et ne peult rien.
De aultruy sens ayde le tien;
Aduise qui te dict bien;

Croy conseil et le retien,
Et de ire tost te reuien ;
Ayme les bons et soustien,
Pour meilleur en deuenir, etc. En son *Esperance*.

Exemple de six :

Qui bien quiert par congnoissance
Des iugemens l'ordonnance,
L'aliance,
La duree et la constance
De la haulte pourueance,
L'habondance
Ou toute bonté se puise,
L'en ne doibt auoir doubtance
Sur la diuine substance.
Trop s'auance
Par presumptiue fiance
Qui se lance
En si grande oultrecuidance,
Que on dessert blasme ou reprise, etc. En son *Esperance*.

Nota que en lay et virelay l'en en trouue bien souuent sept lignes de vne ou plusieurs lisieres interposees, et plus oultre ie n'en ay point veu.

La plus commune maniere de rithmer c'est de ne croiser que deux lisieres ou deux sortes de terminaison de rithme ; mais l'en en peult croiser et mesler tant de lisieres qu'il plaira au facteur, en gardant tousiours doulce consonance.

Exemple de trois lisieres par maistre Alain est cy deuant mise qui se commence : « Dieu ! Comme se peult il faire ? » etc., et tient pour lisiere « faire, nature, endurer. »

Aultre exemple de trois. L'Infortuné :

Exemple plaisante,
Croissant cinq lignettes ;
Lors sont mignonnettes
Selon les decreetz,
Et par gens discreetz
Tenues godinettes
Souuent sont rettraictes
En forme duisante,
De loy complaisante,
Mais que par exprès
Ce que on croise après
Soit bien reduysante
En sens ralyante
Les lignes doulcettes.

Aultre exemple de trois lisieres, par le moyne Alexis :

Le signe primerain
De n'aymer point les biens
Trop excessiuement,
C'est au Dieu souuerain
Tous les droictz qui sont siens
Payer bien iustement ;
Luy payer la decime, etc.

Exemple de IIII. lisieres. Alexis :

Maint homme prent la mort
Par trop fort se contraindre
D'amasser la richesse
Comme auariciеux.
Et puis, quant il est mort,
Ceulx qui le deussent plaindre
En deul et en tristesse,
Ce sont les plus ioyeux.

Aultre exemple. Alexis :

Deus loquitur.

Le premier pere Adam
Fist grandement son dam,
Quant par amer son esme,
Eu suyuant ses plaisances,
Se departit de moy.
Donq s'il veult retourner
Sans grans procès mener,
Par hayne de soymesmes,
En faisant penitences,
Pourra changer conroy.

Ad idem.

L'homme vient comme fleur
Et s'en fuyt comme umbre.
Toute vaine esperance,
Tout esbat de plaisance,
Toute humaine puissance

Qui tout veult seigneurie,
Tout orgueil plain d'oultrance
Tout desir de vengeance
Ou tost tournent leur chance :
Quant ce vient au mourir,
Après le ris vient pleur,
Après soulas encombre.

Ad idem.

Dieu parle de sa mere :

Ie te dy verité,
Car son humilité
Pleust si fort a mon pere
Que au ciel fut decrecté
Par grant auctorité
Qu'elle seroit ma mere.
Et aussi de ma part,
Quant ie la vy sans art
D'orgueil et de cautelle,
Si tresobeissant
Et humble me rendi,
Que du ciel descendi
Pour habiter en elle,
Qui suis Dieu tout puissant.

Aultre exemple par Alexis, de cinq lisieres :

En oeuures de luxure,
En pechez, en ordure,
Fut ton commencement, etc.

Sequitur.

Considere ces choses ;
Voy ta fragilité.
Les princes et les roys,
Grant pompes, grans arroys
Tiennent en leur viuant.
Mais, quant Dieu les appelle,
On le traicte a la pelle
Comme vng pour[e] seruant.
En pou d'heure[s] les roses
Ont perdu leur beaulté.

Semblable :

Donc, se tu veux venir
A grant perfection,
Et en portant ta croix
Cheminer après moy,
Comme bien diligent
Pense de te abstenir
De telle infection.
Fay tant, se tu me croys,
De viure sans esmoy.
Ne tient compte de argent
Pour le temps aduenir.
Pren delectation
A viure pourement,
Ainsi que i'ay vescu.
Fay distribution
Du tien entierement
Iusqu'au desrain escu.

Aprés l'exposition de rithme leonine et croisee et des manieres de trouuer sa rithme, en disant que la plus noble et excellente rithme se faict de termes equiuoques, s'ensuit vne maniere de rithme, quant le terme equiuoque termine vne ligne et iceluy terme equiuoquement pris recommence la prochaine ligne; et est appellee ceste maniere de rithmer rithme enchainee, et doibt estre ledict terme de deux syllabes du moins.

Exemple :

Contre le froit, la gelee et la ryme
Rythme ne sert, non faict texte ne comme.
Comme l'on voit, le froit croist ore a prime ;
A prime sault le soleil de son somme.
Somme il conuient faire bon feu en somme,
Somme de boys et gros chouquetz en buche.
Embuche n'ayt sur Seine ne sur Somme,
Se homme les sçait, que on ne les desembuche.

Mais est a entendre que l'en en peult faire de plus legiere equiuoque et en autant de manieres comme il est ia declaré en quantes manieres l'en peult rythmer par equiuoque.

Il en est vne plus basse enchaineure qui n'est que de monosyllabes equiuoques, comme cy :

L'Infortuné :

Ainsi se font enchainez vers
Vers vifz engins, comme ie sens ;
Sens ont comment anges bien clers
Clers et luysans scientes gens.

Gens et plaisans, ainsy que dis.
Dictz autieulx sont a faire fors
Fors a ceulx qui y sont deduys.
Deduys grans font iceulx accors
A corps garnis de sens et plains.
Plains s'en font et ditz a plaisance ;
Plaisance est d'en faire a deux mains;
Mains donc soient selon la puissance.

Nota qu'il y a vne figure nommee *anadiplosis,* ou couleur de rethorique nommee gradation, qui recommence sa ligne par la fin de l'autre, mais a ce differe a enchaineure, car le terme n'est point equiuoque.

Exemple de *anadiplosis* ou gradation :

Vous amoureux qui requerez le temps,
Le temps de may pour auoir voz plaisirs,
Plaisirs et ieux d'accomplir voz desirs,
Desirs d'amours, quant serez vous contens ?

Aultre exemple de gradation :

Sainete Equitaire vng diable prist,
En le prenant el le batist,
En le batant el l'enchaina,
En l'enchainant el l'entraina, etc.

Il est vne aultre figure nommee *epanalepsis,* qui se faict, quant le terme mesmes commence la ligne et la finist; mais il est pou en usage, comme cy :

A l'assault, gallans, a l'assault !
Armez vous tost, saillez armez.
Charmez vous, soyez tous charmez.
Briffault, allez deuant, Briffault.

Rythme entrelachee se faict, quant on reprent les dernieres syllabes ou partie du terme pollisyllabe de la fin pour recommencer la prochaine ligne ensuyuant. Et est necessaire que ce que l'en reprent soit d'aultre signification au commencement qu'il n'estoit en fin de ligne.

Et nota que la ligne ne se doibt point terminer par vng monosyllabe equiuoque, car ce seroit enchaineure.

L'Infortuné :

D'entrelachez vers, plaisans, gracieulx
Eulx et leur train se font de forme ainsi.
Si sont plaisans ou melencolieux,
Lieux ont tieux soit de ioye ou soucy.
Si en traictez comme l'en peult congnoistre,
Naistre il en peult termes de grant confort.
Fort est vng pou et ainsi les commectre,
Mettre on les peult touteffoys par deport,
Port ou support de ioyeuse complaintte.
Plainte s'en faict moult piteuse et dolente,
Lente et lache de douleur presque atainte,
Tainte de deuil en douloureuse attente,
Tente ayant cy de la forme presente.

Aultre exemple :

Cil qui veult paix et amour maintenir
Tenir doibt foy et a nully contendre,
Tendre a pitié pour a tous subuenir,
Venir au point sans creature offendre,
Fendre son cueur, par raison entreprendre,
Prendre pour fin que mourir conuiendra ;
Viendra le temps que a mort fault condescendre,
Cendre serons et nul n'en reuiendra.

Rithme annexe se faict, quant du terme dernier de la ligne l'on en reprent ou du commencement ou de la fin, ou tout auec addition d'aultres syllabes, pour changer terme et significat ou aulcunement differer. Et congnoist l'en la difference de rithme entrelachee et de annexe ; car entrelachee reprent vne ou plusieurs syllabes du terme derni[e]r, sans y riens adiouster, et de ce recommence sa ligne en differente signification, et annexe auec sa reprise faict addition d'aultres syllabes pour composer nouueau terme, et aucuneffoys sans grande difference de signification.

L'Infortuné :

Ainsi se faict rithme annexee,
Annexant vers a aultres vers,
Versifiee et composee,
Composant telz motz ou diuers,
Diuersement mis et repris,
Reprenant la syllabe entiere,
Entierement des vers compris

Comprinse vers la desreniere,
Desrenier vers ou diction
Dictee, ou vers la fin changee,
Changeant en variation
Variablement arrengee.

Rythme couronnee se faict, quant les deux derniers termes de fin de ligne sont equiuoques, ou que la penultime syllabe, ou plusieurs du plus, se reprennent pour composer vng aultre terme et d'aultre signification en fin de ligne que il n'estoit au terme precedent.

Exemple. Moulinet :

Guerre a faict maint chatelet let,
Et mainte bonne ville ville,
Et gasté maint gardinet net.
Ie ne sçay a qui son plait plest,
Ne a qui sa trenchefille fille ;
Mais tousiours en sa pille pille.
Poures gens sont detenus nudz ;
Contre fortune ne peult nulz.

Aultre exemple :

Moy, malheureux, qui suis de complains plains,
Confit en dueil et en ordure dure,
Et pou ou neant, les mauix dont suis plains plains,
Et voy en moy toute laidure dure.
Parquoy d'enfer i'atens morsure seure,
Car c'est le lieu ou sans pardon ardon.

Helas! Iesus, mon ame impure pure!
Mere de Dieu, pour moy procure cure,
De mes pechez que i'aye par don pardon!

Après il est vne aultre plus basse couronnee, qui ne se faict pas sur les dernieres syllabes couronnees de leurs semblables syllabes, mais après les syllabes couronnees ilz adioustent vne syllabe ou plusieurs qui portent aultre fleur en ladicte couronne.

L'Infortuné :

Ces vers icy sont es cours couronnez
Et par ainsy par leur droict nom nommez,
Car ilz sont tous par bon ordre ordonnez.
C'est sur la fin ou leur nom renommez
Syllabes ont sans reditte redittes ;
Les rithmes sont ainsi que on les faict faire.
L'exemple est cy qu'en ce recit recites.
Ilz se doibuent par tel extraict extraire,
Soit pour soulas ou pour dure durté,
Pour haultains faictz, comme pour gens gentilz,
Ou pour ruraulx plains de fiere fierté,
Ou aultre cas selon l'effect faictiz.

Rithme retrograde s'ensuyt, quant les lignes sont terminees en masculine couppe et en fin de ligne, et que l'en peult commencer a la fin de la ligne en retournant en arriere, ou en hault et bas, ainsy qu'il plaist au facteur.

Cy après ensuyt rithme de lettres retrogrades latin et françoys :

Esse son soulas, *saluos nos esse.*

Tout françoys :

A mesure ma dame rusé m'a.

Tout latin :

Signa te signa temere me tangis et angis.
Roma tibi subit[o] motibus ibit amor.

Aultre exemple :

Rimeurs	nouueaux	parfaictz	ingenieux
Plaisans	en dictz	en fais	victorieux
Facteurs	royaulx	des cours	bien practiquans
Bruyans	exquis	extrais	par faire mieulx
Puissans	gentilz	reffais	debatz et ieux
Sçauans	assez	de tours	poetiquans
Apris	subtilz	du cours	rhetoriquans
Venez	rymez	tousiours	gardez bien l'art
Le pris	querez	d'amours	pour vostre part
Tenez	la fleur	des motz	prenez le don
Le pris	prisez	secours	gent et gaillart
Prenez	honneur	cest los	pour bon guerdon

Nota qu'il est des lignes retrogrades qui retiennent leur substance, comme les exemples cy dessus le monstrent. Et les aultres la varient en sens contraire, comme cy :

Gentilz Flamens, etc.
Triumphamment querez honneur et pris.
Desolez cueurs, meschans infortunez,
Terriblement estes gallez et pris.
Foullez, coulez, pillez, passionnez
Adnichillez, perdus, habandonnez,

Chetifz, dolens, souuent auez souffrance.
Vollez, singlez, noez, courez, venez;
Gentilz Flamens, ioignez vous auec France.

Aultre exemple :

Humilité. Desprises toi, ne pompes amer vueilles;
Prises chascun, ne mondain los accueilles. Orgueil.
Charité. Ayme le bien, ne d'aultruy hay la gloire;
Le blasme tays, ne du mal fais memore. Enuie.
Pacience. Pourchasse paix, iamais ne quier vengeance;
Chasse rigueur, ne de ire aye souuenance. Ire.
Largesse. Donne du tien, ne retien ta substance;
Ordone bien, ne requier grant cheuance. Auarice.
Diligence. Proesse fay, ne dormir trop toy laisse;
Maistresse soit vertu, ne ensuy paresse. Paresse.
Abstinence. Delices fuy, ne saouller trop desire;
Riche conuy hay, ne le corps soit sire. Gloutonnie.
Chasteté. Continence maintien, ne fay laidure;
Conscience garde, ne ensuy luxure. Luxure.

Il est vne plus petite maniere de retrograder ses lignes en prenant demye ligne entiere rithmee, comme cy :

L'Infortuné :

Faicte est ainsy	Retrogradee
Forme plaisant	Speculatiue
Retraicte est cy	Contregardee
Norme duysant	Consolatiue
D'entendement	Belle est couleur
Tresgente sorte	Leçon tresduicte
Prudentement	Telle a valeur
En toute sorte	Façon reduicte.

Sumptueuse tour defensable,
Secourable, cureuse, certaine,
Vertueuse fleur odorable,
Honorable, piteuse, humaine,
Durable, fructueuse graine,
Pure dame glorifiee,
Curable ioyeuse fontaine,
Cure m'ame purifiee.

RYTHMES DE PLUSIEURS TAILLES ET BASTONS

Rythme de deux et ar. — Baston. — Lay. — Virelay. — Rondeaux. — Rondeaux simples. — Rondeaux doubles. — Pastourelle. — Chappelletz. — Pallinode. — Epilogue. — Fatras picart. — Reffrain branlant. — De Ballades. — Septains. — Chanson. — Chanson de ricqueracque. — Champ royal. — Seruantoys.

Après les especes ou maniere[s] de rithmer cy dessus declareez, lesquelles ont eu principallement regard en la rithme, fin et lisiere de ligne, tant en leonine que croisee, par l'ordonnance des syllabes doulcement consonantes, il conuient parler des aultres especes qui ont regard a la taille, longueur et ordonnance des lignes des clauses et du nombre d'icelles.

Il est vne especc de rithme qui s'appelle deux et ar, pource que deux ou trois lignes de semblable longueur sont leonines, et celle qui croise est plus courte ou de semblable longueur, ainsi que est le *Liure du gras et du maigre* et *Des quattre Dames* maistre Alain; et en faict l'en par bastons et sans bastons.

Nota que le baston par plusieurs est entendu pour clause, et par plusieurs est entendu pour ligne de clause.

Meschinot, par courte ligne et baston, *id est* clause :

Princes et roys, qui estes hault montez
En royaulmes, en duchez, en contez,
Du hault degré fault que les pas comptez,
  Ou que a vng sault
Vous cheez bas, sans que on vous donne assault.
De temperance vertu eureuse sault
Et pas a pas chemine sans tressault.
  Conclusion :
Voy qu'en ce monde n'a que confusion
Et qui l'ensuyt n'aura infusion.

Aultre exemple sans baston :

D'ou vient qu'on ne se peult retraire
Hors du cours, mais on cuide faire
  Tousiours mieulx.
Contens sont de martire traire,
Et ne voient point leur mal contraire
  De tous lieux.

Qui ne meurt ieusne, il languist vieulx.
Tant sont tous sotz et malheureux, etc.

Aultre exemple de lignes egales :

Se tu veois dame ou damoiselle,
Le beau vestement d'entour elle,
Ses colliers et ses bons ioyaulx
Te monstreront qu'elle sera belle
A veoir de loing, mais n'est pas telle,
Quant on voit de plus près ses peaulx, etc.

Et generallement quasi toutes les farces que l'en faict maintenant, et especialement tous les monologues Coquillart, sont practiquez en deux et ar.

Lay se faict de XII. iusques a XXX. lignes courtes et longues a la volunté, et de XII. clauses ou XIII., le tout de deux lisieres tant seullement, et les croise l'en, ainsy qu'il plaist, mais que la suauité se rencontre bien. Combien que es farces et moralitez il suffit de trois clauses de lay et virelay, et se font voluntiers de choses piteuses et regretz et de complainctes. Et peult l'en faire courtes lignes et longues, pource que en lay l'en ne traicte que matieres de grande ioye ou de excessiue douleur, et, quasi comme en furie, les lignes sont ou courtes ou longues, a la volunté du facteur.

L'Infortuné :

Lommun lay par tel guise
Et deuise

Se faict comme ce couplet.
Qui ceste forme pou prise
    Et desprise,
La face aultre, s'il luy plaist.
De douze coupletz est complect
    Et explect
Vng bon lay, comme i'auise.
De douze lignes amplé est
    Et replect
De deux rithmes en deuise.

Aultres formes de lay laisses
    Moult diverses
De vingt lignes et de seize,
Soit de ioyes, ou de leesses,
    Ou tristesses,
Ou d'aultre chose qui plaise.
Face qui veult a son aise
    Sans mesaise
Ait aux anciens adresses.
Que a maistre Alain l'en complaise
    D'ou l'on se ayse
A tout propos sans renuerses.

Maistre Alain

Trop est chose auanturee
Prendre mort desnaturee
Pour lotz de pou de duree
    Qui dechet,
Car louenge procuree

En tel mort deffiguree
Est de leger obscuree,
Et eschet
Qu'en oubliance amuree
Enuye desmesuree,
Detraction coniuree
L'homme enchet.
Mais la bonté espuree
A la vie mesuree
De tout par reigle iuree
Qui ne chet.

Et de ceste taille i'ay veu lay de VII. lignes non croisee[s] et cestuy ne a que III.

Aultre exemple. Moulinet :

Iustice.

Couché ie suis au lict de desconfort.
Confort
Mont fort
Me blesse en perissant.
Ie vis enuis, car mon espoir est mort.
La mort
Me mort.
Ie suis amoindrissant,
I'amendris languissant,
Ie languis gemissant,
Ie gemis en plourant,

Ie pleure en voye,
Ie vis en empirant,
I'empire en souspirant,
Mort me desuoye.

Mechinot. Lay de xx:

Par voz guerres et debatz,
Maint cabas
Ont esté faitz hault et bas.
Telz esbatz
Sont trop grefz a soustenir.
Le poure peuple en est las,
Qui es laz
D'ennuy se voit sans soulas,
Et dist : Las !
D'ou nous pourra bien venir ?
Princes, ne pensez vous pas
Le dur pas
Ou mort plus tost que le pas
Sans compas
Vous veult faire conuenir.
Pour patrociner voz cas,
Aduocatz,
Non cinq cens mille ducatz
Au trespas
Ne vous sçauront subuenir.

Lay de xxxvi. lignes et trois lisyeres de Maistre Alain :

Dieu ! comment se peult il faire
Que homme se veult tant meffaire

Et par erreur contrefaire
La noble loy de nature
Qui tel cure
Prent a le faire durer,
Que pour son mondain affaire
Ou tousiours a a reffaire
Luy mesmes se veult deffaire
Par mort et desconfiture,
Par iniure
Ou par faulte d'endurer?
Pourquoy rompt il la ioincture
De si digne creature
Que Dieu fist a sa figure
De l'eternel exemplaire
Pour luy plaire
Par son sens a mesurer?
Helas! trop se desnature
Qui se liure a pourriture
Et son ame a l'aduanture,
Quant infortune contraire
Le faict traire
A son corps defigurer.
C'est contre Dieu procurer,
Au sainct Esprit murmurer,
Et charité foriurer,
Et de grace soy retraire,
Et fortraire
De glore qui tousiours dure.
C'est contre soy coniurer.

C'est raison desmesurer,
C'est du tout auanturer
Pour le moins le necessaire,
    Loy substraire,
Et estre au cresme pariure.

Nota que le traicté maistre Alain que l'en appelle le *Lay de paix eureuse,* n'est point proprement lay, car il y a aultres clauses ou bastons que de lay, et de differentes lisieres, mais il est appellé le *Lay de pais*, pource qu'il y a plus de clauses de lay qu'il n'y a de virelay ne de leonine.

Virelay est semblablement faict et varie comme lay, excepté que voluntiers se faict de courtes lignes, et se faict de leonines et croisees, et de II. lisieres et XII. clauses comme lay; et qui change lisiere ne faict pas le mieulx, et qui change ligne ou rithme, il s'appelle ouuert, et qui ne change rien, il se appelle clos en fin de clause : parquoy il faict clos et ouuert qui veult.

Exemple. L'Infortuné :

Virelays ioyeux,
Gentilz, gracieux
Et melodieux,
Tout ainsy se font,
Comme es vers tieux
En maintz diuers lieux
De gens curieux,
Quant cueur d'amant ont,

Car en dueil confont,
Remply trop parfont,
Ou quant ioyeulx sont
Dis telz propres font.

Aultre exemple par l'Infortuné :

Par telle maniere
Ioyeuse et legiere,
Virelays ainsy
Se font par priere,
Ou aultre matiere
De ioye ou soussi.
Il se faict aussi
Comme voyez cy.
Et si dis arriere
Plus abunde, et si
Mieulx vault par tel si,
Quant forme est entiere.

L'Infortuné :

De bastons croisez,
Comme ie demonstre,
Se mieulx n'aduisez,
Par ces vers vous monstre.
Selon le plaisir
Ou l'entendement
Ou le bon desir
Se font rondement,

Comme ie denombre
Par vng seul couplet
Ou n'a point de nombre,
La volunté est.
Mais ceulx qui bien font
Virelays parfais,
Douze clauses ont,
Quant ilz sont bien fais,
Le couplet estant
De XII. lignettes.
Ainsi les mettant
Ilz sont mignonnettes.

Maistre Alain. Clause de XX :

Qui pourroit descripre,
N'a compter suffire
Tout ce qui des[c]ire
Et a meschef tire
Nostre humanité.
Couroux nous martire ;
Faueur, hayne ou ire
Nuisent a eslire,
Penser, faire ou dire
Ce qu'est verité.
Infelicité
Et aduersité,
Sans auctorité,
Font la probité

Des meilleurs despire,
Et necessité
En mendicité
Mect fragilité
En prolixité,
D'ou le sens empire.

Exemple, maistre Alain, de xxiiii :

Se tu veulx hault aduenir
Et de meschef reuenir,
De tes faictz bien conuenir
Et au plus fort paruenir,
De bon espoir aduenir
Pour plus acroistre ton bien
De Dieu te fault souuenir,
Peine et cure soustenir,
A rien vain ne te tenir,
Ton sens trop ne detenir,
Ne fortune maintenir
Qui est fainctc et ne peult rien.
A aultruy ayde du tien,
Aduise qui te dict bien,
Croy conseil et le retien,
Et de ire tost te reuien.
Ayme les bons et soustien
Pour meilleur en deuenir.
De flateurs loingtain te tien,
Tous tes amys entretien,

Sur ta garde te maintien,
Ton secret clos contretien
Prez du lyon batz le chien :
Ainsy te doibz contenir.

Aultre exemple par maistre Alain de XLII. lignes :

O haulte vertu diuine,
Soubz qui s'abesse et encline
Estude, sens et doctrine
D'entendre si haultement ;
O clarté qui enlumine
Quant raison fault et decline
En oppinion indigne,
Tu vins du hault firmament
Pour donner soulaigement
A humain entendement,
Et oster l'empeschement
Du charnel encombrement
Qui trouble le iugement
Par son imperfection,
Et mect son intention
En argumentation
Pleine de deception.
Mais ta grant perfection
Surmontant oppinion,
Donne ferme adhesion
Dont le cueur se determine
A Dieu qui tout examine,
Ou science naist et fine,

Comme la source et la myne,
Le fondement, la racine
Et la puissante medecine
Qui l'esperit purge et affine
Par diuin eslieuement,
Et luy donne exaulcement,
Sur son propre sentement,
Sans prendre aultre fondement,
Sillogisme ne argument,
Fors par le lieu seullement
D'auctorité qui ne ment
En qui du tout nous fion ;
Car loy ne religion,
Ne vers Dieu deuotion
Sans toy ne vault mention ;
Mais par ta prouision
Le croyons sans vision
Iusqu'a la fruiction
De sa maiesté benigne.

Et nota que Moulinet, excellent orateur, en la pluspart de ses ouurages, a plus tenu forme de lay et virelay que aultre espece, combien que il les ait escriptes en clause de VIII. lignes.

Exemple en sa *Resourse* :

Verité parle aux princes.

Estes vous Dieux ? Estes vous demys Dieux,
Argus plains d'ieulx, ou anges incarnez ?

Voz peres tieux furent nobles gentieux,
D'humains hostieux en ses preterins lieux,
Non pas aux cieulx, mais tous de mere nez.
Bastez, tonnez, combastez, bastonnez
Et hutinez iusques aux testes fendre ;
De mort mourrez, nul ne s'en peult deffendre.

Exemple de lay en son *Temple de Mars :*

Que gaignez vous a suyr guerre dure
Sinon froidure, vous champions gentilz ?
Ne sçay comment corps et teste vous dure
De chault, d'ordure, de pouldres et d'ardure,
De morfonture et de maulx plus de dix.
Et si vous dictz que Mars donne toudis
Froit aux gentilz, aux chetifz fiebure et toux.
Impossible est de bien complaire a tous.

Rondeaulx se font a la volunté du facteur tout en rithme leonine qui croise par tel si que le premier baston ou clause premiere doibt estre entier et parfaict et conclud en sa substance, ainsy comme se aultre chose ne venoit après, et puis doibt ensuyuir vng demy couplet de semblable clause, longueur et lisiere de la moictié du premier couplet, et puis doibt auoir vne aultre clause toute semblable a la premiere.

Et nota que ie ne mectz point de difference entre clause, couplet et baston, pource que toute clause et couplet se appellent baston en puy, mais le plus commun baston n'est pris que pour vne ligne de clause.

Item, qui veult faire rondeau, il le doibt faire rond, c'est a dire qu'il doibt garder necessairement que les fins et sentences de la demye ou dernieres clauses soient si subtillement practiquees auec le commencement de la premiere clause, que il semble que la premiere clause soit necessaire pour conclurre en sentence, et que de eulx mesmes ilz soient concludz et portent sentence parfaicte sans reprendre le commencement de la premiere clause, car tout rondeau doibt estre clos en soy, c'est a dire chascune clause doibt estre de sentence parfaicte sans rentrer a la premiere partie du rondeau. Le rondeau aussi doibt estre ouuert, c'est a dire que les fins des deux dernieres clauses soient suspens et contenues en substance auec la premiere partie du premier couplet.

L'Infortuné declare aulcuns termes par lesquelz on ne doibt point commencer rondeau, pource qu'ilz sont tresdifficilles a recueillir substance, mais tous termes sont louables a qui l'en les applique.

L'Infortuné :

Par *et*, *pour*, *mais*, *donq*, *par*, *car*, *quant*,
Ne se doibt rondeau commencer.
Qui ne sçait son faict despenser
A bien conclurre et rimacer,
Ou de plat fauldra ou de cant.

Acteurs seront celuy mocquant
Qui rondeau cuidera passer,
Sans bien rentrer et compasser.
Par *et*, etc.

Plusieurs s'abusent en pensant
Que rondeau soit bon pour rentrer,
Mais non chascun couplet porter
Doibt sens parfaict et suspenser
Clos et ouuert non suspensant.
Par *et*, etc.

Exemple de rondeau clos et non ouuert :

Se tu veulx, tu m'aymeras,
Et ie vueil, ie t'aymeray;
Aussi bien m'aduiseray
Comme tu te aduiseras.

Se tu dis que non feras,
Ie te dictz donc non feray.
Se tu veux...

Clos, pource que « non feray » et « se tu veulx » ne contiennent point bonne substance.

Quant m'amye tu seras,
Ton amoureux ie seray.
Tout ainsy m'en passeray
Comme tu t'en passeras.
Se tu veux...

Clos, pource que ilz portent leur substance et fin de eux mesmes, sans eux arrondir auec « Se tu veulx. »

Aultre exemple de rondeau ouuert et non clos :

Se ie feusses mort auec elle,
Au mains fut ma douleur mortelle
Loing de moy qui en moy habite ;
Mais ma douleur est si mauldicte
Qu'en la fin me sera bien felle.

Il me fault pour l'amour de celle
A qui i'estoye, que ie celle

Ouuert et non clos pource que sans reprendre « Se ie

Plusieurs maulx dont ie feusses quicte,
Se ie feusse mort...

Parquoy ie me plain et appelle
De la mort qui tant est cruelle
Quant de moy prendre ne s'aquitte,
Car elle me eust donné l'eslitte
Des souhays et ioye nouuelle,
Se ie feusse mort...

fusse mort auec elle, » la sentence ne seroit point parfaicte.

Ouuert, car la derniere ligne ne feroit point sentence sans reprise de la premiere ligne.

Exemple de rondeau clos et ouuert :

Paracheue ton entreprise
Que tu as contre moy emprise,
Fortune aduerse ;
De ton dard a coup me trauerse,
Car mieux mourir que viure prise,
Tant me es diuerse !

Puis que tu es de mal aprise,
Ne laisse point de moy ta prise.
Tost me renuerse.
Paracheue...
Que tu as...
Fortune...

A toy resister ie n'aduise.
Choulle moy du tout a ta guise ;
Vers moy conuerse ;
Espand ton venin et le verse

Sur moy ; ia n'en seras reprise,
Dame peruerse.
Paracheue...

Aultre exemple de rondeau clos et ouuert :

Se i'ay vostre grace requise,
Et ma volunté s'est submise
A vous aymer plus que nulle ame,
Ce a esté en espoir, ma dame,
Que mieulx vostre doulceur m'en prise

Combien que soit haulte entreprise ;
Mais touteffoys, quant ie m'aduise,
Il ne vous peult tourner a blasme,
Se i'ay vostre grace...

Vostre honneur point n'en amenuise.
Vous n'en debuez estre reprise,
Se moy ou vng aultre vous ame ;
Et ia n'en perdrez sur mon ame
Vostre liberté et franchise,
Se i'ay...

Aultre rondeau :

Vueillent ou non mesdisans enuieux,
Pucelle suis et demourray pucelle ;
Et si m'a mis le laict en la mamelle
Le plus beau filz qu'on vit onc de deux yeulx.

Le Dieu d'amours a bien voulu de cieulx
Me venir veoir, tant luy ay semblé belle.
Vueillent ou non...

Il est mon filz, mon pere et Dieu des Dieux.
Sa mere suis, sa fille et son ancelle,
Et oultre suis sur toutes femmes celle
Que par amours iamais il ayma mieulx.
Vueillent ou non...

Nota que le moyne Alexis n'a point faict ce dernier couplet, mais aultres en approchant au plus près ont mis ceste clause.

Aulcuns rondeaux reprennent la moytié de la premiere ligne, laquelle bien rencontree auecques la couppe, c'est a dire le demy coupplet, elle faict plaine clause entiere, et les aultres se arondissent auec la premiere ligne, et les anciens auec la moytié de la premiere ligne et tout a la voluntė du facteur, mais le plus noble est a celuy qui remple tout.

L'Infortuné :

La moytié du couplet premier
Se doibt en tous rondeaux reprendre,
Soit pour rigle ou par art sommer
La moytié.

Par cest art aussi coustumer
Sentence parfaicte doibt prendre
La moytié.

Rondeau de vne lettre ou de vne syllabe de vng terme ou de plusieurs a la volunté. Et nota : le plus long terme en nostre vulgaire n'est que de six syllabes comme « prenostication, dissimulation, reuerberation. »

Rondeau de lettres		Rondeau de syllabes
g	c	le
m	i	dy
o	b	que
g	c	ie
t	t	le
i	i	vy
g	c	ie
m	[i]	di

Rondeau par l'Infortuné qui se peult plaindre :

Maintz hommes poinct malle fortune ;
Elle presse, puys elle abesse.

Est elle point des malles l'vne ?
Maintz hommes poinct, etc.

Tant en cressant que plaine lune,
Par le monde bas elle presse.
Maintz hommes, etc.

Aultre exemple faict en rebus :

La
GG. VV. qui est S. X
las
Vueille muer doeul en
A. xvi. M. II. beau sire di. X.
G G. VV.
Pour le seruir de mi. X. M. X.
M. O O. deuotz sans nul re las
GG. VV.

Ihesus, qui est lassus es cieulx,
Vueille muer doeul en soulas
A ses amys, beau sire Dieux,
Ihesus.
Pour le seruir de mieux en mieux,
En motz deuotz sans nul relas
Ihesus.

Item, les vngz rondeaulx se appellent simples, comme ceulx de deux lignes en clause entiere, et c'est le viel ieu.

Grant Guillaume :

Margot,
M'amie,
Vng mot,
Margot,
Si sot
Que on rie,
Margot,
M'amie.

Les couillons Lucas
M'ont cousté xx. soulz ;
C'est vng piteux cas.
Les couillons...
Pleust a Dieu que nos cas
En feussent bien soulz.
Les couillons, etc.

Grant Guillaume :

Se ie n'ay du pain de chapitre,
Ie ne chanteray plus en cueur,

Ne diray leçon ne epistre
Se ie n'ay, etc.

Car en montant en ce pipiltre
Me pourroit bien faillir le cueur
Se ie n'ay, etc.

Les aultres rondeaux sont doubles, qui sont de quatre lignes du moins et de sept du plus en clause entiere, et se font lays en chaines equiuoques, etc., a la volunté du facteur.

L'Infortuné :

Vng coupplet de rondeau peult estre
De sept lignes, comme apparoistre
En cest estre
Se peult cy, quant il est layé
Ou quant il est virelayé
Pronuncé ;
Aultrement ne se peult commectre.

De ce rondeau la forme et l'estre
Nous demonstra nostre bon maistre
Et ancestre
Maistre Alain, tel l'a commencé.
Vng coupplet...

Rondeau plus long ne soit de mectre,
Mais bien proprement se peult mectre
Et permectre

De cinq en trois versifié,
Comme est dessus specifié,
Notifié,
A qui vouldra s'en entremectre.
Vng coupplet, etc.

Aultre exemple : L'Infortuné :

Rondeaulx partis,
Cy espartis,
Notez ainsi
Sans grant soussy,
Bien impartitz,
Plaisans faictifz,
Doulx et traictifz
Pour cueur transy,
Rondeaux partis, etc.

Retrogradez
Clers entendez
Soient longs ou cours
Pour gens de cours
Droict concordez
Contregardez
Bien regardez
De ses amours
[Retrogradez, etc.]

Beaulx dis gentilz
Ioyeux subtilz
Dictez sans sy
Bien faictz aussi
Pour aprentiz
Rondeaux...

Bien recordez
Et droict gardez
Selon le cours
De beau recours
Doulx accordez
[Retrogradez, etc.]

Bergerette est en tout semblable a l'espece de rondeau, excepté que le couplet du meilleu est tout entier et d'aultre liziere ; et le peult l'en faire d'aultre taille de plus ou moins de lignes que le premier baston, ou semblable a luy. Et doibt estre close et ouuerte, ou en tant de manieres comme de rondeaux.

L'Infortuné :

Le dict de gente bergerette,
Affin qu'il soit plus aggreable
        Et notable,
S'il est layé est amyable,
        Plus vaillable,
Comme en cette forme decrecte.   Clos

La façon aussi plus aggree
A aulcuns, si est plus plaisante
        Et duysante,
Car par ainsy est conuenante,
        Mieulx sonnante
Et a plus grant doulceur monstree.
Le dict...

Quant celuy dicté bien l'en frette
Et de doulce rithme est traictable
        Conuenable.
Il rend vng cueur bien pitoiable,
        Miserable,
Courtoysie ou leesse preste,
Le dict, etc.

Aultre exemple :

Quant l'amoureuse et l'amoureux
S'esbatent jour et nuyct ensemble,

Iugez, amans, qu'il vous en semble.
Telz gens sont ilz pas bien eureux? Ouuert

Leurs cueurs sont tost de ioye remplis ;
Leurs douleurs sont tantost passez ;
Leurs vouloirs sont tost accomplis ;
Leurs grefz maulx sont recompensez,
Quant l'amoureuse...

Haa! Que c'est vng deduit ioyeux.
Il n'est deduyct qui luy ressemble,
Car le doulx baiser si assemble
Le ieu d'amer tresgracieux.
Quant l'amoureuse...

Aultre exemple. Busnoys :

Cent mille foys, le iours du moins,
Ie me souhaite o vous, ma dame.
Las! vous verriez, sur mon ame,
Vng douloureux remply de plains.

Haa! ie ne puis auoir nul bien :
Ainsy l'auez vous ordonné.
Le mal que i'ay vous sçauez bien
Que pour vous m'a esté donné
Cent mille foys.

Puisque de douleur ie suis plains
Force est que la mort ie reclame
Bien souuent sans reconfort, dame.
Ainsi tout seullet me complains
Cent mille foys.

Pastourelle garde par tout l'art des champs royaulx, excepté que ses bastons ou lignes ne sont que de huit sillaibes en masculin, et peult auoir clause iusques a xvi. lignes ; et fault cinq clauses et l'enuoy et pallinod, comme a champ royal. Recours audict chappitre.

Chapelés se font proprement comme rondeaux cloz et ouuers, mais ilz se doublent en toutes façons ou se renuersent, qui est le plus magestrallement faict ; et en peult l'en faire comme de rondeaux et de telle taille que l'en veult, mais que le tout soit doulcement assouuy.

Chapelet	Chapelet renuersé
Pour le mieulx faictes reuerence	Se voulez auoir, etc.
Aux vielz rempliz d'entendement.	Retenez, etc.
Retenez mon enseignement,	Aulx vieulx, etc.
Se voullez auoir sapience.	Pour le mieulx, etc.
Aux vielz est deue obedience ;	Quant vous leur donnez, etc.
On ne sçauroit dire aultrement.	L'honneur vous reuient, etc.
Pour le mieulx, etc.	Se voulez auoir, etc.
Aux vieulx, etc.	Retenez, etc.
L'honneur vous reuient proprement,	On ne sçauroit dire, etc.
Quant vous leur donnez audience.	Aux vieulx est deue, etc.
Retenez, etc.	Aux vieulx, etc.
Se voullez, etc.	Pour le mieulx, etc.

C'est la paix de la conscience ;
C'est vostre bien tresgrandement.
L'en vous fera pareillement,
Quant vielz serez en decadence.
Pour le mieulx, etc.
Aux vieux, etc.
Retenez, etc.
Se voulez, etc.

Quant vielz serez, etc.
L'en vous fera, etc.
C'est vostre bien, etc.
C'est la paix, etc.
Se voullez, etc.
Retenez, etc.
Aux vielz, etc.
Pour le mieulx, etc.

Du temps de la vostre innocence
Ilz vous ont nourris doulcement.
Recongnoissez pareillement
Leur antiquité et prudence.
Pour le mieulx...
Aux vieulx...
Retenez...
Se voulez...

Leur antiquité, etc.
Recongnoissez, etc.
Ilz vous ont, etc.
Du temps, etc.
Se voulez...
Retenez...
Aux vielz...
Pour le mieulx...

Pour honneur de sens et science
Honorer les fault haultement.
Pour le mieulx, etc.
Aux vieulx, etc.

Apprenez leur, etc.
Faictes tost, etc.
Se voulez, etc.
Retenez, etc.

Faictes tost leur commandement ;
Aprenez leur experience.
Retenez, etc.
Se voulez, etc.

Honorer les fault, etc.
Pour honneur de sens, etc.
Aux vieulx, etc.
Pour le mieulx...

Obaissez en pacience,	En leur donnant, etc.
S'ilz vous corrigent rudement;	Respondez les, etc.
Respondez les treshumblement,	S'ilz vous corrigent, etc.
En leur donnant pleine audience.	Obaissez...
Pour le mieulx...	Se voulez, etc.
Aux vieux...	Retenez, etc.
Retenez...	Aux vieux, etc.
Se voulez...	Pour le mieulx, etc.

L'Infortuné donne exemple par rondeau simple, comme il s'ensuyt :

Chappellès sont rondeaux doublez,
Ainsi comme les maistres disent.

A rien ne sont mieulx resemblez,
Chappellès, etc.

Rondeaux deux foys bien redoublez
Par telle forme se conduisent.
Chappellès, etc.
Ainsi, etc.

Dictez vous de fruictz ou de blez
Ou d'amours, ainsy se produisent.
Chappellès, etc.
Ainsi, etc.

Plaisans motez bien assemblez;
Chappellès, etc.

Ioyeux ou de soucy comblez
Comme cy ainsi se reduisent.
Chappellés, etc.
Ainsi, etc.

Pallinode est terme grec qui signifie semblable consonance ; lequel terme noz peres ont appliqué en cest art en deux manieres, c'est assauoir pour les dernieres lignes de champ royal, qui se reprennent a chascune clause, et sont appellees le pallinode, et en ballade l'en les appelle refrain, et en ce present lieu pour espece distincte et differente des aultres especes ; et est ceste forme de pallinode assez prez semblable a l'espece de chappellet et n'y a difference sinon que le chappellet se practique et despend du rondeau, et la forme de pallinode se practique sur vne clause de lay ou virelay communement, ou sur aultre clause de quelque aultre espece de douze lignes, ou plus ou moins a la volunté du facteur, mais que il y ait tousiours trois ou quattre ou plusieurs lignes closes et ouuertes, pour bien doulcement rentrer, ainsi qu'il est dit du rondeau.

Exemple :

Royne des cielz, tresuierge mere,
Fille au pere
De ton filz, nostre redempteur,
Celle par qui toute lumiere
Nous esclere
Par la bonté du plasmateur ;
Vers toy ie vien, poure pecheur,
Le greigneur

De iamais plain de vitupere,
Te suppliant du bon du cueur
Par doulceur
Qu'il te plaise oyr ma priere.

Tu es sur toutes singuliere,
Et premiere
Aux sainctz cielz en grant resplendeur.
Pardonne moy, ma dame chere,
Se me ingere
Parler de toy, c'est par honneur.
Royne des cieulx...
Fille au pere
De ton filz...

Tu es es cielz royne emperiere,
Tresoriere,
De tout bien tu portes la fleur,
Celle par qui...
Nous esclere
Par la bonté, etc.

Tu es vers Dieu le directeur
Et mireur
Ou pecheurs ont grace planiere.
Vers toy ie vien...
Le greigneur
De iamais, etc.

Ton cher filz me soit pardonneur,
Et donneur

De pardon a ma fin derniere,
Te suppliant...
Par doulceur
Qu'il te plaise...

I'ay peché en mainte maniere,
Rude et fiere,
Encontre de mon createur.
Plaise toy que vers toy ie quiere
Et acquiere
Remission pour ma douleur.
Car en toy il n'y a rigueur,
Ne fureur,
Mais de toulte doulce maniere.
Porte donc a Dieu ton seigneur
Ma clameur
Que ma fin ne me soit amere
Royne des cielz...
Fille au pere, etc. *per totum.*

Aultre exemple de palinode par l'Infortuné :

Precieuse fleur virginale,
Tresfealle,
Vierge de grant grace remplye,
O ma deesse imperialle,
Parciale,
De tout don de grace garnie,
Saincte Barbe, es de Dieu amye,
Tresmunye,

De la vertu celestialle.
Tu, après la vierge Marie,
        Es cherye
Des vierges la plus principale.

De mort subite et infernale,
        Vile et salle,
Deffens moy, que ie ne perye,
Et de tempeste accidentale,
        Desloyalle,
Treshumblement, dame, t'en prie.
Precieuse...
        Tres fealle
Vierge, etc.

Tresnotable dame et reale,
        Speciale,
Fille au roy de Nycomedie,
O ma deesse...
        Parciale
De tout don, etc...

Fay qu'a ma fin point ne desuie
        De ma vie,
Sans confession integrale,
Saincte Barbe...
        Tresmunie
De la vertu, etc.

Prerogatiue et seigneurie
As merie
Par grant grace generale.
Tu, après, etc.
Es cherie, etc.
Des vierges, etc.

Vueillez amender ma vie malle,
Qui loyalle
N'a pas esté, ie t'en affie,
Mais remplie de scandale,
Non egalle
A vertu qui te sanctifie.
La grace ne soit impartie,
Chere amye,
De la puissance orientale,
Que mon ame, ie te supplie,
Soit rauye
Auec toy en la fin finalle.

Precieuse fleur... *per totum.*

Aulcuns acteurs ont voulu dire que bergerette, chappelet et palinode sont rondeaux, et que ce ne sont point especes differentes, et que bergerette et chappellet n'est aultre chose que rondeau double, et palinode simple rondeau ; mais il me semble que rondeau ne se reprent que a vng demy baston semblable a la moytié du premier baston du rondeau, et a ce differe bergerette a rondeau qui prent pleine clause d'aultre taille et lisiere, et chappellet differe a rondeau par ce qu'il reprent oultre le rondeau la moytié derniere du premier baston, et se il se redouble en telle maniere qu'il plaist au facteur.

Item, palinode se faict de douze lignes, ou plus ou moins, et rondeau ne peult passer sept; et differe palinode au chappellet, car chappellet couppe et reprent sa premiere clause a deux foys, et pallinode la reprent a IIII. foys ou plus par trois lignes ou deux, ou ainsi qu'il plaist au facteur de varier l'espece.

Epilogue est vng terme grec qui signifie recapitulation ou reprise des choses deuant dictes, ainsi nommee par noz peres espece ou maniere de rithmer, que les Piccars appellent en leur langage fatras; et se faict de XI. lignes communement, mais on les peult faire plus ou moins, nom per, courtes ou longues, et tant de clauses que toute la premiere clause soit epilogue; et conuient reprendre la premiere ligne pour tierce ligne, et la seconde au dernier, qui ne vouldroit doubler ses lignes, et tousiours recommencent baston par la ligne que l'en fine, et la subsequente pour la seconde ligne qui fera la fin pareillement, et ainsy iusques en la fin de la premiere clause.

Et n'y a que deux lysieres ou sortes de rymer, combien que plusieurs ne font que six bastons, ou ainsy qui leur plaist, pour euiter prolixité.

L'Infortuné :

Tout ainsy se faict epylogue,
Ou fatras, comme ie l'applique.

Tout ainsi se faict epylogue
Soit en forme de monologue
Ou par maniere de dupplique.
Tout ainsi qu'il plaist au prologue
Parler peult ou par dyalogue,
En ce ne fault point de replique.
Mais qu'on ne soit tant fantastique
Ou de presumption si rogue
Qu'a son propre sens on desrogue.
Epylogue donc se explique,
Ou fatras, comme ie l'applique.

Aultre exemple :

Ie te pry, saincte Catherine,
Impetre pour moy vers Dieu grace.
Ie te pry, saincte Catherine,
Fay tant a la bonté diuine
Que tous mes pechez elle efface.
Deffendre me peult de ruyne
Et que l'ennemy ne domine
Dessus moy qu'il ne me meffacc.
Demande a Dieu, pren ceste audace,
Que i'aye par don, ains que ie fine,
De pleurer mes pechez espace.
Ie te supply, vierge benigne
Impetre pour moy vers Dieu grace.

Impetre pour moy vers Dieu grace,
Ie te pry, saincte Catherine, etc.

Fatras Picart de Gadiffer :

L'amant doibt faire bonne chere,
A ce iour de sainct Valentin.
L'amant doibt faire bonne chere
Pour l'amour de sa dame chere ;
Car, s'il entent bien son latin,
D'elle ne sera point arriere;
Mais se doibt de pensee entiere
Apparoir soir et matin,
Et luy manier le tetin
Pour foullier en sa pennetiere.
Se ce non, le mal sainct Quentin
Parmy se bredale le fiere
A ce iour de sainct Valentin.

A ce iour de sainct Valentin
L'amant doibt faire bonne chere,
A ce iour de sainct Valentin.
Guillot, Arnoul, Sohyer, Betin,
Ou aultre sans faire priere
Doibt taster des biens du cretin
De se dame, c'est la maniere,
Combien qu'elle soit grande et fiere.
Et fut elle vestue de satin
Si doibt el leuer la crouppiere,
Car sans estre villain matin
L'amant doibt faire bonne chere.

L'amant doibt faire bonne chere
Pour l'amour de sa dame chere,

Car s'il entent bien son latin,
L'amant doibt faire bonne chere
Pour l'amour de sa dame chere, etc.

Iusques a la fin de clause; et est a garder expressement que chascune ligne ayt sa sentence parfaicte et bien rentrainete.

Reffrain branlant ou vollant se faict, quant les lignes se croysent en rithme de vne mesme ou diuerse mesure; mais la derniere est en reffrain, et fault du moins quattre lignes en clause. Et vault autant a dire reffrain comme pallinode, mais l'en dict voluntiers reffrain en ballade et pallinode en champ royal. Combien que forme de pallinode soit ia desclaree qui en sa pleine clause premier, moyen et fin cherche pallinode; mais reffrain branlant, ballade, champ royal ne cherche reffrain que la fin, et faict l'en six ou huyt clauses de reffrain vollant, ou autant que l'en veult, et tout de diuerses lisieres, rien gardé que le reffrain. Et se puent faire de toutes tailles et a conuenience a vne figure de methaplasme que l'en appelle epymone, ou a vne couleur de rethorique nommee repetition.

Exemple de quattre lignes :

Faulte d'argent c'est douleur nompareille.
Mourir m'en voys, et tient tant seullement
Que ie n'ay rien fors la puce en l'oreille ;
Et tout me vient par deffaulte d'argent.

Ie suis tout nud, aussi nud que le ver,
Et n'ay sur moy vng poure abillement.
Ie meurs de froit, et si n'est point yver;
Et tout me vient par deffaulte d'argent.

De six lignes :

Mauldit sois tu, se tu te fains,
Petit Iehan, pour faire reffrains
De six lignes tant seullement.
La façon en est bien legiere.
Ie t'en monstre cy la maniere ;
Fay comme moy pareillement.

Se tu regardes bien ton point,
Deux lignes ne se croisent point ;
La tierce s'assiect tellement
Que contre le reffrain se croise.
Se tu te veulx garder de noyse,
Fay comme moy pareillement.

De sept lignes :

Tu peulx croiser comme i'ay dict,
Tes lignettes,
Court et long a ton appetit, Semblable mesure.
Bien doulcettes.
Mais pour bien rithmer seullement,
A la plaisance des fillettes,
Fay comme moy pareillement.

De huyt lignes :

Les coupletz de demy douzaine
L'en doibt faire de telle sorte,
Ou huyt en ceste forme plaine
Qui sa demonstrance porte.
Ainsy comment icy appert,
Plusieurs gens les vont appellans
Reffrains saillans, mais, d'homme expert,
Ces dictz cy sont reffrains vollans.

Ces coupletz sont sonans VIII. lignes ;
Aulcuneffoys n'e i ont que six,
Ou quant ainsy comme ie signes,
Et que voyez mes dictz assis,
Des vers lesquelz ie specifie,
Croisez sont et entremeslans.
Retenez ce que ie notiffie
Ces dictz cy sont reffrains vollans.

Ballades se font de huyt lignes pour clause et huyt syllabes en masculin pour ligne. Et doibuent estre trois clauses de semblable lisiere ou rithme et semblable reffrain pour derniere ligne, lequel doibt estre masculin auec demye clause de semblable ou aultre lisiere aux quattre dernieres lignes, qui s'appelle l'enuoy, ou le prince, pource que, en tenant le puy de ballades, voluntiers ledict enuoy se adrece ou enuoye au prince. Et disent aulcuns qu'il n'est point necessaire, ne aussi l'enuoy d'vng champ royal, veu que l'en y peult changer lisiere. Mais la coustume plus commune c'est qui sont de l'essence de ballade et de champ royal, et doibuent en puy estre de semblable lisiere, et se, par eulx a redicte, ilz sont a reffuser. Aulcuns font ballades et lignes de dix syllabes en masculin, et les aultres prennent deux lignes pour reffrain et se peuent layer, retrograder en tant de manieres que l'acteur trouuera de suauité en son ordonnance ; mais s'il excede huyt lignes et huyt syllabes, ce n'est plus ballade, et ceulx de dix syllabes s'appellent bastars de champ royal ou demy champ royal, ballade quant ilz changent lisiere en la cinquiesme ou sixiesme ligne, comme sont les xxv. ballades de Meschinot enuoyees a George l'Auanturier, et celles de maistre Alain qui sont au *Breuiaire des nobles*. Et differe ballade a reffrain branlant, pource que en ballade les iiii. et v. lignes sont de semblable lisiere et terminaison, et le reffrain branlant change, et si a vi. ou viii. coupplectz sans prince, et ne sont point les clauses de semblable lisiere.

L'Infortuné :

Les ballades communement
Par telz termes sont composees :
Reprendre en doibt premierement
Les premieres lignes croisees
Au quart, au quint lieu apposees ;
Trois coupletz egaulx au renger.
Ainsy doibuent estre posees ;
Reffrain pareil sans rien changer.

Auec trois clauses mesmement
D'vgne lisiere disposees,

Vng prince y soit pareillement
De la moytié de ses posees
Clauses qui seront imposees,
Sans aultrement les prolonger
Si non per n'a aux exposees.
Reffrain pareil, etc.

Les coupplet ayent signamment
Autant de lignes proposees
Comme le reffrain proprement
A de syllabes deposees ;
Et ses rigles presupposees
L'en peult ses ballades forger
En forme bien auctorisees.
Reffrain pareil, etc.

Le prince soit tant seullement
De la moytié pour abreger
Des couples et non aultrement.
Reffrain pareil, etc.

Frere Oliuier Maillart :

Seigneurs, qui les grans biens auez
Pour seruir la chose publique,
Prelatz et clercs les droitz sçauez,
Gens qui menez vie lubrique,
De voz pechez et voye oblique
Vous rendrez conte et reliqua,
Ou serez dampnez sans replique,
M'arme, il n'y a ne sy ne qua.

Gorgyas basteurs de pauez,
Bourgoys, marchans, gens de practique,
Femmes qui vos faces lauez
Et pour intention inique
Fringuez bien en forme autentique,
Le diable qui vous prouoqua
En fin pour vous auoir s'applique.
M'arme, il n'y a, etc.

Tricherres qui l'autruy debuez,
Gens nobles, gens d'art mecanique,
Leuez tous les testes, leuez,
Vous vous dampnez, raison l'explique.
Vous yrez au Dieu pacifique
Qui oncques pecheur ne mocqua,
Ou au logis diabolique.
M'arme, il n'y a ne sy ne qua.

Enuoy.

Prince, redempteur magnifique
Qui d'enfer Adam reuoqua,
Se par toy n'auons paix vnique,
M'arme, il n'y a ne sy ne qua.

Maistre Alain, au *Breuiaire des nobles :*

Courtoisie.

veult noblesse esprouuer
Ou nul vil homme n'attaint,

Il la doibt querre et trouuer
La ou courtoisie maint,
Qui tous ses enuieux vaint
Par sa doulceur gracieuse,
    Et n'est ennuyeuse,
    Fiere, n'orguilleuse,
    Mais humble et ioyeuse
    Et plaisant toudis
    En faict et en ditz, etc.

Nota que les six premieres lignes sont de ballade, et les cinq dernieres de virelay; parquoy el ne se doibt point appeller balade layee ne virelay, mais sont deux especes de ryme ioinctes en vng; et en trouve l'en beaucoup de telles compositions aux nouueaux acteurs, et est magistrallement fait saillir de vne espece de rithme en l'aultre, pourueu que la concordance y soit bien gardee.

Septains different a ballade, pource qu'ilz sont de sept lignes, et ballade est de huyt, et la septiesme de septains en lieu de ref-frain doibt estre vne auctorité ou vng prouerbe commun, ou lignes d'aultre graue substance declaree directement ou indirec-tement par les six lignes precedentes ou derniere partie d'icelles. Et s'en faict autant de clauses qu'il plaist au facteur, ainsy que est le *Passe temps* Michault, et le *Traicté de Fougeres,* qui se com-mence :

Angloys mauldictz, chastiez vous, etc.

Item, l'en fait des clauses septaines qui sont sans prouerbe ou auctorité, et sont appellees charbonieres, pource qu'ilz sont les vnes après les aultres, comme cheuaulx a charbonnier, ou ie ne sçay pourquoy, etc.

Les Picars apprennent les ballades qui sont d'autant de lignes qu'il y a de syllabes au pallinode; mais, se il passe huyt en masculin et neuf en feminin, ce n'est plus ballade.

Item, ilz font difference entre ballade commune et ballade balladant, qu'ilz appellent batelee en la quarte syllabe, c'est a dire que toute ligne de dix ou de vnze doibt auoir couppe en mot complet et masculin, comme il est dict de champ royal.

Ballade antique de dix syllabes en masculin :

Quant vous verrez les princes reculler
Et les riches estre en diuision;
Quant vous verrez les sages acculler
Pour soustenir police et vnion;
Quant les flateurs par leur sedition
Informeront les seigneurs au contraire;
Quant on croirra des folz l'oppinion,
Tenez vous seurs qu'aurez beaucoup a faire.

Quant vous verrez les nobles deffouller
Et supporter basse condition;
Quant vous verrez meschans gens appeller
En hault estat et domination;
Quant le malfaict n'aura pugnition;
Quant vous verrez plaindre le populaire
De mengeries et d'imposition,
Tenez vous seurs, etc.

Quant vous verrez les gens clers raualler
Et denier la iurisdiction ;
Quant vous verrez vielz sergeans despouiller
Et despourueuz de leur prouision ;
Quant vous verrez au peuple motion ;
Quant le petit vouldra le grant deffaire ;
S'en l'eglise est cisme et commotion,
Tenez vous seurs, etc.

Prince, pour Dieu ayez affection
D'entretenir la iustice ordinaire,
Ou aultrement et pour conclusion
Tenez vous seurs, etc.

L'en faict aussi des ballades a paige ou layees, comme cy :

Fleur de beaulté gracieuse,
Precieuse,
Gente, d'honneur excellente,
Viue face sumptueuse,
Vertueuse,
Blanche dame et nouuelle ente.

Ma deesse, ma regente.
Propre et gente,
Ma tresloyalle amoureuse,
Corps et biens et champs et rente
Vous presente ;
Ne me soyez rigoureuse.

Io. Munier aux enuoys a Dieppe :

Soubz quel docteur a il ouy
Ses grans coulleurs rethoricaulx ?
Par foi, sire, soubz Pirtouy
Qui regente le petis Caulx.
Quelz clers a il grammaticaulx
Qui vallent bien vng artien?
Le mieux batu, c'est Priscien.

Meschinot en ses *Lunettes :*

Peuple, sçauez vous pourquoy esse
Que vous auez seigneurs diuers ?
Ie vous en donneray adresse
En mains langaiges que dix vers.
Rebelles estes et peruers,
Pecheurs vers Dieu, plain[s] de barat ;
Et pourtant a mau chat mau rat.

Chanson est vne espece de rithmer trois, quattre, cinq, six, etc., lignes et clauses de vne lisiere ou rithme, en rentrant a la premiere ligne de la premiere clause ; et les faict l'en de telle taille que l'en veult. Et combien que ballades, rondeaux, etc., se mectent en chant, si ne sont ilz pas dictz chansons, etc., car chanson est vne espece de rithme comme il s'ensuyt.

L'Infortuné :

Ie chante par melencolie,
Sans que i'aye de chanter vouloir,

Car soulcy me faict trop doulloir
Qui fort a sa prison me lye.

Souuent i'ay ouy en ma vie
Qu'auec les loupz il fault uller
Et qu'en galle il se fault galler,
Mais soulcy a sur moy enuye.
Ie chante...

Ma ioye est trop de moy rauie,
S'ainsy me fault en dueil couler.
Tristesse me vient acoller ;
Chascun de soulas me deslie.
Ie chante, etc.

Aultre chanson :

D'ou me vient la frenesie
D'entrer en melencolie,
De deuenir amoureux,
Moy qui suis pelé et vieulx ;
Par ma foy c'est grant follie.

Se belle et gente est m'amye,
A moy seul ne sera mye ;
Ialoux seray, se m'aist Dieux.
Fy de ialoux ennuyeux !
C'est mortelle maladie.
D'ou me vient, etc.

Se cointe elle est et iolye,
Ma bourse ne pourra mye
Fournir abis si pompeux,
C'est pour estre malheureux
Le demourant de ma vie.
D'ou me vient, etc.

Et se d'amours elle me prie,
Quelque chose qu'elle me die,
Ie sçays bien que ie ne peulx.
Ie quitte amours pour le mieulx ;
L'huille de rains est faillie.
D'ou me vient, etc.

Il est vne maniere de chansons que les Picartz appellent riqueraque, de ligne a six ou sept syllabes, et chascun couplet a deux lysieres ou croisees, la premiere et la tierce feminine, et la seconde et la quarte masculine; et doit auoir plusieurs clauses :

Vous orrez chose estrange
D'vng folastre bien faict
Qui sę disoit estre ange ;
Mais, quant ce vint au faict,
Voulut monter en gloire,
Volant comme vng plouuier ;
Il mist trop bas son loyre,
Si cheut en vng vyuier.

Et nota que l'en faict cent mille chansons que les enfans chantent et les pages, de rithme goret sans art et mesure, ainsi que les ignorans les sçaiuent faire, et de celles la n'est point a propos.

Aprés que l'en a traicté de rithme de huit syllabes en ligne et au dessoubz, et des especes de rithme a ce conuenientes, s'ensuyt a parler de l'espece de champ royal qui se faict de dix syllabes en masculin, et autant de lignes en vne clause qu'il y a de syllabes au pallinod, comptant la passe feminine pour plaine syllabe, a celle fin que la clause soit de dix ou vnze lignes; et, se plus y en a, c'est licence poetique. Et doibt auoir cinq clauses ou bastons de semblable couleur et lysiere, auec l'enuoy semblable a la premiere ou derniere moytié de clause en rentrant a son palinode, a la difference des seruantoys qui sont sans palinode. Et c'est de quoy au Puy de Dieppe fut repulsé maistre Guillaume le Munier, pource que son champ royal: « Or, est temps Abraham et Lyon, » etc., n'auoit point de pallinode. Et pource que la pronunciation des lignes de dix syllabes seroit trop longue a pronuncer sans faire pause ou poinct, il est de necessité de coupper sa ligne en deux, la premiere moytié de quattre syllabes et le demourant de six en masculin; et doibt l'en tousiours terminer substance entre la ou est la couppe ou la fin de ligne. Et pource qu'il est dict deuant que termination feminine ne faict point pleine syllabe, il est requis que la IIII. syllabe qui est la couppe en champ royal soit masculine, car syllabe feminine a la IIII. place n'est que de trois et sa passe, qui est diminution de couppe, ou elle est de quattre et sa passe, qui est addition. Et doibt estre le pallinod de taille feminine, et le reffrain de ballade si est masculin.

Exemple :

De quattre	Royne des cielz, vierge tresglorieuse,
Trois et demye	Clere estoille qui tout cueur enlumine,
De quattre	Fleur de bonté sur toutes precieuse,
De quattre et demye	Pleine de grace par la vertu diuine.

Item, aux endroictz ou sentence fine, l'en ne doibt point faire figure, [car] en sentence ne peult finer, ne point ou pause estre faicte que en fin de ligne ou en moytié. Parquoy, en fin de ligne ne en moytié, ne peult cheoir figure de sinalimphe ou aultre.

Exemple :

L'ange du ciel te dict bonne nouuelle
Et ta responce estoit bien gracieuse.

Mais il est des termes feminins desquelz l'en est si fort contrainct que necessairement il fault qu'ilz soient en couppe, et feroit l'en bien de s'en abstenir qui pourroit, mais se aulcuns y en auoit et le mot subsequent se commençoit par vocal, encor ne le fault il point synalimpher.

Exemple :

Vierge mere et fille especialle,
Clere estoille, en paradis luysante, etc.

Aulcuns veullent dire que monosyllabes feminins sont bons en couppe, comme cy :

Ie vous dy que c'est force que i'en dyc
C'est pource que i'estoye bien son amy;
Aussi pource qu'il fut en Normendie,
Ne luy vis ie il a an et demy.

Item, il est dict champ royal, pource que de toutes les especes de rithme, c'est la plus royalle, noble ou magistralle, et ou l'en couche les plus graues substances. Parquoy c'est voluntiers l'espece practiquee en puy, la ou en pleine audience, comme en champ de bataille, l'en juge le meilleur et qui est le plus digne d'auoir le prix, après que l'en a bien debatu de l'vne part et d'aultre en abatant tous les aultres. Aulcuns l'appellent champ royal, pource qu'il est de noble et armonieuse consonance pour la grauité de la substance et de la doulceur de son eloquence, combien qu'il puisse estre mis en chant, comme il est dict des chansons.

Champ royal donq se faict de dix ou vnze lignes autant que contient de syllabes le pallinod, a celle fin qu'il soit carré, combien que l'en en treuue de bons qui sont de douze lignes et plus, mais ilz ne sont point si magistraulx que les carrez. Et doibt auoir les quattre premieres lignes et les deux dernieres croisees, qui ne veult doubler les deux premieres, et puis la cinquiesme et sixiesme lignes leonines et d'aultre rithme des quattre premieres, et le demourant leonine ou croisé a la volunté du facteur, excepté les deux dernieres qui doibuent estre croisees, comme il est dict deuant; et en ce il differe a la taille de ballade qui faict la deuxiesme, quattriesme et cinquiesme lignes de vne lysiere, mais tout facteur peult layer ballades, etc.

Tout champ royal, pourueu qu'il soit doulx a escouter, et en ceste especc l'en ne doibt point parler que grauement et de graue matiere en termes positifz et suppellatifz sans mesler les diminutifz, comme en louant la vierge Marie en la disant royne des cielz, il n'est pas elegant de l'appeller « pucellote » ou « brebiette, » ainsi comme il est dict au premier liure en parlant des trois manieres de parler.

L'Infortuné :

Dame Clio, ta decoration
Si nous aprent melodieusement
De sa doulceur discrecte instruction
A bien traicter tragedieusement.
L'en peult noter que pour faire cronicque,
Ou pour auoir aultre forme heroique,
Ou d'oraison bonne conuenience,
Ceste forme ha tresgrant coincidence.
Pource i'ay dict que tous ceulx qui ont cure
De faire dictz, qu'ilz ayent par excellence
Le champ royal, car c'est noble facture.

Plusieurs gens font reduplication
Des premiers vers croissans secondement
En redoublant la termination,
Mais il suffit faire sortablement
De la façon de celle que i'applicque.
Item, aulcuns pour oeuure magnifique,
Font, si leur plaist et selon l'exigence,
Double reffrain par forme d'eloquence

S'il se vient bien en versificature.
Prenez donc tous pour bien garder sentence,
Le champ royal, etc. Iusques a v. clauses.

Enuoy.

Prince royal, retrogradation
Souuent l'en faict ou quelque aultre figure,
Pour mieulx garder la dulcoration
Plus noblement et par proporcion
Le champ royal, etc.

La plus commune maniere d'enuoy, c'est de reprendre la lisiere des six ou sept lignes dernieres.

Addition selon les facteurs et orateurs modernes pour bien composer vng champ royal.

Premierement, le facteur doibt adapter et approprier termes conuenables au subiect, substance et matiere que prent le facteur pour son champ royal, et, s'il veult parler de la mer, il doibt vser de termes marins et de choses propres ou impropres a la mer.

Item, s'il veult en sa methaphore faire vng chasteau ou quelque edifice, il doibt prendre les termes a ce conuenables.

Item, il est decent que les epithetons soient adaptez et consonans a leurs substantifz, et mettre vng epytheton masculin contre vng substantif, s'il n'est en bon vulgaire et maternel françoys.

Item, il doibt euiter les couppes feminines, s'ilz ne sont synalimphees.

Item, il doibt vser a son champ royal de ligne feminine et puis masculine, ou de masculine et puis feminine.

Item, a son champ royal, il ne doibt point sortir hors de son subiect et le doibt deduire iusques a la fin de sa methaphore.

Item, il doibt euiter les cacephatons et termes escorchez et prés du latin.

Item, il doibt annexer le plus qu'il peult tant que le langaige flue de mot en mot, et que son principal verbe ne soit point loing de la sentence a la difference du latin.

Item, il peult mettre l'adiectif deuant le substantif, ou le substantif deuant l'adiectif, selon qu'il le voirra plus doulx.

Item, entre les aultres choses, il doibt euiter redicte en ses lisieres.

Lescarre :

Champ royal d'vng veneur qui corne,
Voullant prendre en impurité
Vne pure et blanche licorne
Qui se vint rendre a purité.

Psalm. XC. Ipse liberavit me de laqueo venantium.

Le grant veneur, qui tout mal nous pourchasse,
Portant espieux aguz et affillez,
Tant pourchassa par sa mortelle chasse
Qu'il print vng cerf en ses lagz et fillez,
Lesquelz auoit par grant despit fillez
Pour le surprendre au beau parc d'innocence.
Lors la licorne en forme et belle essence,
Saillant en l'air comme royne des bestes,
Sans craindre abboy enuyeux et canin,
Monstrer se vint au veneur a sept testes
Pure licorne expellant tout venin.

Canti. II. Ecce venit saliens in montibus transiliens colles.

Proprietas ejus: puritatem colo, venena pello.

Ce faulx veneur, cornant par fiere audace
Ses chiens mordantz sur les champs arengez,
L'esperant prendre en quelque infaicte place
Par la fureur de telz chiens enragez,
Mais desconfitz, laz et descouragez
Ne luy ont faict morsure ou violence,
Car le lyon de diuine excellence
La nourrissoit d'herbes et fleurs celestes
En la gardant par son plaisir benin,
Sans endurer leurs abboys et molestes,
Pure lycorne expellant tout venin.

Sus elle estoit preuention de grace
Portant les traictz d'innocence empanez,
Pour repeller la veneneuse trace
De ce chasseur et ses chiens obstinez,
Qui furent tous par elle exterminez
Sans luy auoir inferé quelque offence.
Sa dure corne esleuoit pour deffence,
Donnant support aux bestes trop subiectes
A ce veneur cauteleux et maling,
Qui ne print onc par ses dardz et sagettes
Pure licorne expellant tout venin.

Et erexit cornu salutis nobis.

Ainsy saillit par dessus sa fillace
Et dardz poinctus d'archer mortel ferrez,
Se retirant sur haultaine terrace
Sans estre prinse en ses lagz et ses rethz,
Lesquelz auoit fort tyssus et serrez

Pour luy tenir par sa fiere insolence.
Mais par doulceur et par beniuolence
Rendre se vint entre les bras honnestes
De purité plaine d'amour diuin,
Qui la gardoit sans taches deshonnestes
Pure lycorne expellant tout venin.

Pour estre es champs des bestes l'outrepasse
Et conforter tous humains desolez,
Triumphamment seulle eschappe et surpasse
Ses lagz infectz par icelle adnullez.
Donc icy bas nous sommes consolez
Par la lycorne ou gyst toute affluence
D'immortel bien, par celeste influence ;
Car par ses faictz et meritoires gestes
A conteré tout l'orgueil serpentin,
En se monstrant par vertus manifestes
Pure lycorne expellant tout venin.

Psalm. C.XXIII. Laqueus contritus est et nos liberati sumus. Psalm. C.XXV. Facti sumus sicut consolati.

Enuoy.

Veneur mauldict, retourne a tes tempestes ;
Va te plonger au gouffre sulphurin,
Puis que n'a prins par tes cors et tempestes
Pure lycorne expellant tout venin.

Ballades comme on les faict au puy. Lescarre :

D'vng vert eglentier espineulx
Dieu produyt vne blanche rose
Qui fut d'espines et de neudz
Separee, exempte et forclose.

Combien que icelle en fut fort close,
Iamais el n'en fut agittee,
Car elle estoit de grace enclose
La rose en Iherico plantee.

Le sainct Esprit tout lumineux
Sur ceste fleur blanche repose,
La preseruant d'aer veneneux
Qui les fleurs a pourrir dispose.
Le fourmil d'enfer aussy n'ose
Et ne peult iecter sa dentee
Sur celle que la foy expose
La rose en Iherico plantee.

Le vent infaict et pluuieux
Son amenité ne depose,
Et le haneton enuieux
A sa beaulté plus ne se oppose
Sur toutes fleurs Dieu la prepose
Seulle de macullе exemptee,
Et ce beau tiltre lui impose
La rose en Iherico plantee.

Enuoy.

Iherico l'eglise suppose
Ou la vierge est tant exaltee,
Que chascun la nommer propose
La rose en Iherico plantee.

Champ royal de la *Fontaine d'amenité* composé par N. de Senyghen :

Au pied du mont de contemplation
Humanité fut long temps en souffrance,
Et la faisoit sa deprecation
Au sainct prieur que d'elle eust remembrance,
Disant ainsy : O prieur amyable,
Sy quelque temps vers toy fuz variable,
Ne promectz pas qu'il me couste tant cher
Qu'en mon esprit n'obtienne et en ma chair
Grace et pardon de ma coulpe excessiue.
Transmectz vers moy pour ma soif estancher
La pure source et fontaine d'eau viue.

Le bon prieur, meu en compassion,
Pour luy donner de sa grace asseurance,
Luy dist : Ma seur, ta supplication
Vers moy obtient ta seure deliurance ;
Prendz bon confort, car ton corps miserable
Sera reduict en santé perdurable.
Plus ne te vueil ton malfaict reprocher.
Mais, si tu veulx de moy tost approcher,
Laue ton corps de l'eaue confortatiue,
Quant affluer verras de mon rocher
La pure source et fontaine d'eau viue.

Moyse et son peuple eurent refection
Contre la soif qui leur faisoit greuance
Par la fontaine issant sans fraction
Hors de la pierre Oreb en abondance.

Quant le prieur tressainct et venerable
Vint sur icelle en puissance admirable,
Gardant Sathan par dedens l'eau marcher,
Car par auant auoit voulu mercher
Qui vouldra boyre au celeste conuiue,
Il luy conuient pour reconfort chercher
La pure source et fontaine d'eau viue.

Dedens la source en grand dilection,
Se vint former et y prendre substance
Vng sainct poisson exempt d'infection,
Prefiguré en bonne conuenance,
Par cil auquel Thobie, homme equitable,
Prist medecine en tous maulx proffitable,
Quant a son filz il se laissa pescher,
En le voulant du danger despescher
De l'ennemy qui de ioye humains priue,
Lequel n'a sceu de venyn empescher
La pure source et fontaine d'eau viue.

Par les ruysseaux plains de perfection
De la fontaine ou Dieu prist sa plaisance,
Humains dolens, comblez d'affliction,
Cessent leurs pleurs, et chassent desplaysance.
La mer de vice et coulpe irreparable,
Reçoit doulceur par grace incomparable,
Et le grant fleuue ou dueil souloit coucher
Ioye y prent lieu, couroult n'y peult toucher;
Car le serpent qui contre droit estryue
N'a peu troubler, par faire Adam pecher,
La pure source et fontaine d'eau viue.

Enuoy.

Prince et prieur, faictes par tout prescher
Que l'ennemy n'a peu faire secher
Ceste fontaine ou l'eau de grace arriue,
Mais en enfer luy conuient trebucher
Sans nullement d'aulcun vice entecher
La pure source et fontaine d'eau viue.

Plus que moins.

Rondeau d'amours comme on les faict au puy. N. de Senyghen :

Par vraye amour qui deux cueurs en vng lye,
Mon cher amant voulant que a luy me allie
S'est en ce iour auec moy allyé,
Et a son cueur auec le mien lyé
Pour tout iamais sans que nul l'en deslye.

Combien que soys d'Eue et Adam saillie,
D'aulcun venin ne fuz onc assaillie:
A m'en garder Dieu s'est humilié
Par vraye amour.

Le fier serpent par la pomme cueillie
En ses liens ne m'a point acueillie;
Car Adam triste et melencolié,
Par son peché du lymbe ay deslié,
Grace aux humains est en moy recueillie
Par vraye amour.

Seruantoys, espece de rithme par les Picars ainsi appellee, pource qu'ilz obseruent et gardent la moytié premiere des premieres lignes des cinq coupletz telz qu'il plaist au prince de les ordonner. Et sont de semblable nature aux champs royaulx, excepté qu'ilz sont sans pallinode; et si est l'enuoy voluntaire de deux lignes ou plus de semblable ou differente terminaison. Et aussi aultre grande difference il y a, car le champ royal se contrainct a recueillir sentence pour rentrer a son pallinode, et le seruantoys commence par demye ligne contrainte pour rentrer a sa matiere. Et la coustume des Picars pour vng seruantoys d'amours : ilz commencent tousiours par la moytié de la premiere ligne du premier coupplet « Loyal amant » ou « Cueur amoureux » Pour le second coupplet et moytié de la premiere ligne « Qu'il soit ainsy ». Pour le tiers : « Or aymon donq ». Pour le quart : « Si est l'amant, » et pour le quint : « Dame d'honneur. » Et y fault garder la couppe, synalymphe et aultres reigles semblables au champ royal.

L'Infortuné :

Loyal amant bien faire pretendant,
Selon les loys de l'art du seruantoys,
Des amoureux doibt estre contendant
Pour aduiser par sens meur et courtoys
De proposer ce mot « cueur amoureux »
Ou aultrement, « loyal amant, » se heureux
Se veult trouuer pour paruenir au prix ;

Puis son propos maintiengne comme ay pris
Sur la forme des champs royaulx quasi,
Mais sans reffrain soit ce dit cy compris,
Ainsi comment le produictz et saisi.

Qu'il soit ainsi l'homme en sens entendant
Bien estre doibt du stille en faire choys,
Si veult son dict au pris estre extendant
Tenant ses motz qu'ainsi soit en Françoys
Ou aultrement, quant au puy et haultz lieux
Que on dict tournoy, si ne dict termes tieux,
Ne paruiendra, mais en sera repris.
Entende donq, et qu'il soit bien apris
De commencer ce second couplet cy
Par autelz motz comme i'ay entrepris :
C'est assauoir dire : « Qu'il soit ainsi. »

Or amon donc le vray art succedant,
Se nous voullons complaire aux Picardoys,
Combien que soit au vray art concordant
Leur seul vouloir, comme il[z] font mainteffoys ;
Mais touteffoys il fault faire comme eulx,
Quant a ce point, qui ne peult faire mieulx,
En commenceant ce tiers couplet sourpris,
Ainsy qu'il est « or amon donc » pourpris,
Tel est de vray comme ie l'ay choisi.
Ne reste plus qu'apliquer telz escriptz
Sans leur changer leur[s] premier[s] motz aussi

Si est l'amant en ce dict concedant
A faire ainsi pour complaire a leurs loys,
En ce premier ycy coincedant
De ce couplet « Si est l'amant » telz droys
Ont, se dient il[z], telz dictez curieux
Qui ne sont pas trop fort melodieux;
Mais neantmoins icy ie les descriptz
Comme il[z] en font et n'y fault ia d'estrifz.
L'en note donq leur[s] façons par tel sy
Sans faire plus grans clameurs ne grans cris;
A qui plaira en face sans soucy.

Dame d'honneur, ces deux motz soit gardans
Au quint couplet chascun sans nul desroys,
Ceste rigle tousiours contregardans,
Au mains s'on veult au[x] Picars faire arroys,
Posé qu'il soit pou artificieux,
Ains est quasi comme fantasieux.
Et neantmoins ie n'en vueil faire escris,
Ia n'en soye pris aux ongles ne aux gris.
Ainsi leur plaist tellesse pour transy;
Bien pou me chault ou des blans ou des gris,
Ie les loue tous, ie n'en suis point marry.

L'enuoy se faict semblable ou a plaisance, court ou long, etc.

DE VICES DE INCONGRUITÉ

ET DE AULCUNES FIGURES

Vices de incongruité. — Rithme barbare ou diptongue. — Vice de innouation. — Barbare feminin. — Latin et françoys. — Latin exposé. — *Caccephaton.* — *Epitheton.* — Lignes mal proportionnees. — Boutechouque. — Baguenaudes. — *Cacosintheton.* — Feminin parler. — Redicte. — Soloecisme. — *Eclipsis.* — Nota : *acirologia.*
Contraire. — *Pleonasmos.* — *Perissologia.* — *Macrologia.* — *Tautologia.* — *Amphibologia.* — *Anaphora.* — *Paranomeon.* — *Lipda.* — *Methacismus.* — *Frenum.* — Colision. — Hyatus. — [Sinalimphe]. — Syncope. — Apocope. — Episinalimphe. — *Apheresis.* — *Dhyeresis.*

Après que par cy deuant ont esté desclarez les gerres et especes de parler et ordonner son langaige, tant en prose qu'en rithme, il reste encore de dire sur langaige parcial aucuns vices et faultes de incongruité, c'est a dire de langage mal' appliqué.

L'Infortuné :

Erreur n'est pas vice sçauoir,
Mais c'est erreur qui de vice vse.
Sy faict bon congnoissance auoir
De vice, affin que on n'en abuse.

Et qu'en derriere on ne le ruse
Que on ne s'y puisse decepuoir.
Cil est fol qui sçauoir refuse.
Chascun doibt tousiours concepuoir.

Et nota que tous vices de impropre locution, aulcuns se excusent par figure et les aultres sont inexcusables. Les excusables par figure se font, ou par coustume que l'on a de ainsy dire, ou par l'auctorité du parlant, ou par la noblesse et ornation d'iceluy langaige, ou qu'il est assez prochain a vertu.

L'Infortuné :

Figure est improprieté
Licenciee et approuuee
Par vs et par auctorité,
Et semblablement alouee
De docteurs expers, et louee,
Ou par aulcune utilité,
Par ornation esprouuee
Causant belle sonorité.

Tous vices sont excusables par figure ou par couleur de rethorique, quant ilz sont appensement et ornement couchez, excepté les vices de barbarisme et soloecisme.

Barbarisme, c'est vice d'escripture ou de incongru langaige, qui se prent en plusieurs manieres, comme par incongrue application de termes deshonnestement sonnans, ou de langaige parcial en termes barbares, gergon et aultre parler non congneu que en lieu parcial.

Exemple de termes deshonnestement sonnans :

Malachias, malachié.
Sobre en menger si peult estre homs.
Hely contient l, h, y, e.
Sentez vous bien, dame des troncqs.
Ainsi d'estre homs nous nous paistrons.
Qui arbre n'a dit la trompette,
Ia ne mettra cinq gros es troncz
Du monstier ou fort ie l'appette.

Aultre exemple :

Nous vous supplions d'estre ouyes
Monsieur le iuge de pourceaulx
Lesquelz au cul ont mors noz trouyes
Et mengé le bren en noz seaulx.
Iugez le bren qu'il ne se perde,
Qu'on sache a qui le comperra,
Ou s'il fault que a voz ioez ie me herde
Vous verrés comme il y perra.

Il est vne aultre maniere de barbare que l'Infortuné appelle dyptongue picarde qui non seullement s'entent de la prolation et maniere de parler aux Picars, mais de tous pays, et veult par ce donner a entendre que les motz et termes qui ne sont poinat entenduz oultre les faulxbourcz des villes ou es villaiges parciaulx, ne sont a escripre en liure autentique pour leur barbare son, ou signification, ou accent.

Exemple en barbare picart :

Quant le bachelotte dict : Aye,
Ne tappez neant, ioquiez, ioquiez,
Se vo .... est roids, dictes : Naye,
Par me foy, ie suis ia iouquiez.
Quant vo ... a no .... croquiez,
Voictiez chy il y faict le mane :
Auez neant faict : ouay, descroquiez;
Allez a Dieu, a Dieu, min vvrane.

Autre exemple :

O narinart plain de sotz motz barbares,
Qui t'adocha de rithme poetique ?
Que hongniez tu ! que fais tu tant de nares ?
Qui t'acarne de prendre a moy la picque ?
S'a rithmacer contre toy ie m'esclicque,
Mengé seras a la galimafree,
Et si perdras de nostre puy l'affique,
Tant te bauldray grant plamuse et bauffree.

Iohannes qui dictes pourcel
Aprenez a dire pourceau,
Et ne dictez point seel pour seau,
Iamais ne dictes seau pour seel.

Point ne fault dire vng beau oysel,
Mais vous direz vng bel oyseau,
Iohannes.

C'est bien dict vng peche mortel,
C'est mal dict vng peché morteau.
Dictez tout beau chappeau, rousseau,
Sans dire bel cappel, roussel,
Iohannes.

Il est vne aultre maniere de barbare appellee vice de innouation commis par ignorans voullans apparoistre escumans termes latins en les barbarisant, sans prendre leur commun significat, comme : « Se ludez a la pille, vous amitterez ; » et *ludere* significat « jouer, » et *pilla* « esteuf, » *amittere,* « perdre, » qui sont termes beaux et communs ; parquoy, comme il est ia dict en plusieurs endroictz, l'en doibt tousiours prendre les termes et motz plus communs que l'en peult trouuer et les mettre a leur significat a tous intelligible.

Nota qu'il est aulcuns termes latins que l'en profere en françoys selon la dependence du latin, comme : « L'excellence et magnificence des princes nous induisent a contempler leur magnanimité, » lesquelz ne sont point escumez du latin, pource que le françoys ne leur a point baillé aultre vsage, mais il est a entendre de ceulx a qui vsage a desia baillé significat, comme a *ignis,* « feu », *sinapium,* « moustarde, » etc.

Exemple :

En prohibant le berengaudiser
N'escumez point vocabules latines ;
Ne putez point tel vocabuliser
Vous diriger en perpulchres termines ;
Mais cogités les vies et termines

Pour dulcorer vostre tresalme eloque.
Se mon precept ne seruez, ie commines
Vous forbanir, et que chascun s'en moque.

Il est vng aultre maniere de barbare feminin, quant l'en prent mot pour mot assez conuenient en prolation, auquel l'en impose nouueau significat par ignorance, comme : « Monsieur, ou est vostre homicide, » en lieu « de domicille »; mais c'est vng vice qui est a supporter, et especiallement aux femmes qui ont esté auec les clercz, lesquelles ont grand engin et petit entendement.

Item, il est vne aultre barbare qui est de langaige de diuers pays entremeslé, comme de dire en françoys et breton : « Villain, vous le ferez, hays ou godes, » c'est a dire vueillez ou non ; ou : « Les mariniers ont beaucoup de cabillau, » qui est poisson en flagmen.

Item, il est vng barbare plaisant qui est latin et vulgaire entremeslé ou latin exposé en françoys ; et est beau, quant il est appenseement faict :

Exemple de latin et françoys meslé ensemble :

De asino nostro bono
Meliori et optimo
Debemus faire feste.
Qui a bon asne, il est bien estoré,
Car il apporte bon faiz *de nemore*, etc.

Exemple de latin exposé, de may :

Hic mensis, ce moys, *dicit,* dict, *ego rex,* ie roys
Eo solus, seul voys, *lusum,* iouer, *ad nemus,* au boys.

Aultre exposition :

Inter natos	Entre deux nates
Mulierum	Mouillees
Non surrexit	N'a point sué
Maior Iohanne	Maistre Iehan
Baptista	Le boyteux

Omnia tempus habent.
On n'y attent point de bien.

Mundus, caro, demonia.
Le monde n'a cure de moynes.

Il est vng barbare de rude langaige a ouyr qui s'appelle *cacephaton*, ou *elipsis* comme « gros, gris, gras, grant, » et « crocq, cric, crac, » et « euuangelistes, stalles, stille, traistre, truant. »

Item, il est vne malle appropriation de termes que l'en dict *epithelon*, predicas ou adiectifz a leurs substantifz mal consonans et trop contrains, ou aultres termes mal appropriez, qui s'appelle *acirologia*, comme : « I'ay mal a dens, desquelles i'espoire auoir grant douleur, » i'espoire pour « ie craings. »

L'Infortuné :

Du vice de ce present dict
L'on se trouue souuent blasmé.
Exemple d'vng quidem qui dict :
« Iceluy n'est pas bien amé,
Qui est des enuieux hamé. »

Hamé pour estre pris a l'aim ;
C'est trop rudement estimé.
Onq ne s'en mesla maistre Alain.

Oultre plus, il est vne malle appropriation de lignes mal proporcionnees, les vnes longues, les aultres courtes, ou de clauses et bastons sans aulcune mesure, ou lignes seulles esgarees dedens clause sans compaignie :

Exemple :

Par ma conscience, monsieur mon maistre,
Ie vous tien vng tresabille homme.
Sur ma foy, il n'y a en cest estre
Aduocat de quelque estat que on le renomme ;
Et fust ce le plus grant du monde,
Au moins ie ne sçay point vostre pareil
Estre meilleur en conseil.

Mais il est vng plus bas barbare de impropre consonance, c'est de ri[illegible]me ou de boutechouque et de mechaniques ignorans, qui rien ne vault, se elle n'est tout apenseement faicte comme cy :

Exemple :

Qui veult tresbien plumer son...
Mette ses iambes en houseaulx
Puis le frottez de aux et de hongnons
Et leuez le cul en hault.
Puis le lauez en eau de chaulx
Et mectez sirer vostre chandelle
Et plumez tandis qu'il est chault ;
Et par ainsy vous serez maistre.

Et nota que les Picars dient que baguenaudes sont coupplectz faictz a la volunté contenans certaine quantité de syllabes sans rithme et sans raison, repulsez de bons ouurie[r]s, comme cy :

Pourquoy faict l'en tant de harnoys
Quant les gens sont armez d'escaille.
Se vous auez maulvaise femme,
Boutez sa teste en vng soufflet,
Sans luy bailler point de soufflet.
Si en faictes mailletz de faulx,
Iamais plus ne serez mehaulz.

Aultre exemple :

Car c'est pour ruraulx compaignons
Qui sçauent bien rithmer tousiours ;
Pource donc ce vice on euite,
Ainsi que contient ce chappitre.

Item, il est vng vice de incongrue construction, quant la sentence est confuse, ou imparfaicte, ou trop de foys repliquee, ou les termez sont couchez improprement en rude et inutille langaige et se appelle figure de *cacosintheton,* ou trop feminin et pucrille.

Pour tous noz parens pere et mere,	Sentence confuse
Sainct Iehan, mes freres et mes seurs,	
Que d'enfer la mort n'acompere ;	Terme impropre
Ihesus, pry pour mes successeurs.	pour antecesseurs.

Feminin parler :

> Or sus, mon petit fichonnet,
> Mouchez vous, et vous serez saige.
> Or sus, lauez vostre visaige,
> Et puis mectez vostre bonnet.

Soubz la sentence trop de foys dicte et repliquee, se commect le vice de redicte qui se faict, quant en vng champ royal, ballade, rondeau, etc., il y a quelque terme vniuoque deux ou plusieurs foys repeté en lisiere, ou quant l'en faict longue composition que en quarante ou cinquante lignes l'en ne puisse trouuer vng semblable terme estre couché deux ou plusieurs foys en rithme. Et est entendu quant les quarante ou cinquante lignes font vne clause, combien que aulcuns ne gardent redicte que en rondeau, ballades, champs royaulx, etc., ou que vng terme synonime est de semblable lisiere, ainsi qu'il est dict au chappitre de rithme equiuoque. Les anciens facteurs vsoyent communement sans redicte d'vng semblable terme comme verbe actif et passif, et nom, et positif, et comparatif, etc.

Exemple :

Bon iour, ma dame la medecine,	*cognomen*
I'ay des drogues de medecine	*praxis*
Faictz par art de medecine ;	*ars*
Parquoy fault que vous medecine.	*verbum.*

Item, il est a noter que pallinode et reffrain et aultres lignes de reprise en rondeau ou ailleurs, ne font point redicte, pource qu'ilz sont [e]xpressement gardez pour contraindre la sentence des clauses conformer a eulx ; mais redicte est de termes seullement.

Item, le vice d'escripture est barbare et deshonneste, et se faict de inepte orthographie, comme en adioustant lettre, comme : « Ie hay hamé vne femme, » pour : « I'ay amé ; » en adioustant syllabe, comme : « C'est vng bon comcompaignon que coconart ; » en ostant lettres ou sillaibes, comme : « C'est vng faictiz homs, » et, en la basse Normendie : « Dieu stauous ! Que faictous ? Vous caufous ? » en lieu de dire : « Dieu soit auec vous ! Que faictes vous ? Vous chauffez vous ? »

Item, par muer lettre ou sillaibe, comme de l'eau de « biscazieuze » en lieu de « scabieuse. » Car par transmuer substance, comme font ces ioueurs de basteaulx qui font des entendeurs, comme se l'en dict : « Appellez les abbreuiateurs des iugemens de la court, » l'aultre dict : « Appelez les abbreueurs de iumens de la court. » L'vng dict : « Apportez de l'eau bien nette, » l'aultre dict : « Il demande de l'eau benoiste. » Laquelle maniere est coulleur, quant il se faict par agnomination.

Item, il aduient mainteffoys que l'en barbarise en pronunçant, comme en faisant faulx accent ou aspiration, comme communement sont tous noz vulgaires parciaulx, comme trop picart, trop normant, trop breton, etc., barbarisent en leur accent.

L'aultre vice est soloecisme. Et combien que barbarisme et soloecisme ne soient que vices pour les gramma[i]riens, quant aux dictions, langaiges et constructions, et les aultres figures sont es sentences parfaictes, touteffoys ilz ne se prennent pas icy si estroict ne en telle maniere, et suffist en nostre vulgaire que l'oreille conseillee de raison en ayt a faire le iugement en sonorité. Et se faict soloecisme, quant on approprie mal sa substance par muer le gerre, ou l'espece, ou le nombre oultre le commun vsage, comme en monstrant vng homme le dire femme, et *e contra*, comme : « Mon mullet est vng bon cheual. — Mon femme est vng bon ribaulde, » et : « En la bataille, il y en a eu quarante de mort ; » ou, quant nous saluons un homme, nous disons « bon iour, » il fault presupposer « vous doinbt Dieu, » ou, quant nous disons « a Dieu », il fault entendre « soyez », ou, quant on demande : « Ou allez vous » et l'en respond : « A Rouen, » il fault presupposer « Ie voys. » Mais telz vices sont excusez par vsaige et s'appelle *eclipsis*. Et nota qu'il est beaucoup de termes qui se peuent dire auec le gerre masculin et feminin, comme gens. Au masculin l'en dict : « Ce sont telz gens, gens ioyeux, gens rians, gens puissans, » etc. Au feminin l'en dict : « Ce sont telles gens, ioyeuses gens, ryantes gens, puissantes gens. »

Item, quant l'en mue le nombre plurier pour singulier, *vel e contra*, en disant : « Iehan, vous estes sage, vous estes homme de bien. » Et combien qu'il soit en vsage excusé, touteffoys ce me semble plus folie que ignorance ; et la rayson si est : ou l'en cuyde faire honneur a celuy a qui l'en parle ou non. Se l'en ne luy veult point faire de honneur, pourquoy corrompt l'en son langage de parler a vng singulier par plurier sans cause ? Et, se l'en luy veult faire honneur, pourquoy ne parle l'en le plus honnestement que l'en peult, en ensuyvant les doctrines de noz peres qui nous ont ainsi apris a parler a Dieu et aux sainctz en singulier.

Il est beaucoup d'aultres vices qui par figure aucuneffoys sont excusables, comme est *acirologia,* duquel a esté parlé au fueillet, qui se faict par malle appropriation de termes, etc. Mais il est vne coulleur de rethorique qui s'appelle contraire, qui faict *epitheton,* ou predicatz contraires, qui n'est pas vice; comme l'en pourroit dire ce qui est au *Rommant de la Rose* « desloyaulté la loyaulx et loyaulté la desloyaulx. » Item : « Vous m'auez promis en deffiant bonne fiance, duquel espoir i'ay vng tresdesesperé secours, car pitié despiteuse remplye de doulx amer me font mourir en viuant, » etc.

Maistre Alain, aux *Quattre Dames.* Exemple maistre Alain :

Car amour est peine plaisant
Et vng grant aise mal faisant.
C'est vne guerre en appaisant,
    Targe pour traire
Encontre et retraict pour attraire.
Amours efface pour pourtraire.
[C'est vng mal qui quiert son contraire.]
    Doulce rigueur
Courtois danger, saine langueur,
Mortel plaisir, foeble vigueur,
C'est vne largesse de cueur,
    Crainte hardie,
Tresarrestee couardie, etc.

Au *Gras et au Maigre*, ledict maistre Alain :

Car amours faict cueur d'amant bestourner,
Et de son droict estat le destourner,
En deshonneur et peché se tourner
Sens insensible ;
Et ce qui doibt ayder estre nuysible
Et puissance deuenir impossible
Et ce que l'oeil apperçoyt inuisible,
Seurté doubter,
Et en doubte soy seurement bouter,
Et le contraire de son bien escouter,
Croire a plaisir et raison rebouter,
Ce est greuable.
Mal delecteux, fermeté variable,
Arrest mouuant, legeré immuable,
Dolent confort, loyaulté decepuable,
Ioye esplouree,
Los reproché, fame pou honnoree,
Aigre douleeur, beaulté descoulouree,
Haygneuse paix et craincte enamouree,
Cueur enuieulx,
Courcé plaisir, ieu melencolieux,
Repos plombé et tourment gratieux,
Plaisant ennuy, et plaisant ennuyeux,
Fiel myellé,
Chaulde frisson, ardant desir gelé,
Certain espoir de souspeçon meslé,
Taisible bruit et secret desmeslé,
Coup sans ferir,

Et penitance auant que repentir
Et vray cuider, qui se laisse mentir,
Vouloir sans vueil et sans gré consentir,
    Crainte hastiue,
Enseuré paour, hardiesse crainctiue,
Desir forcé et force voluntiue,
Aduis nuysant et misere soubtiue,
    Clarté obscure,
Loyal meschief, desloyalle droicture,
Conseil ouuert, etc.

De *cacephaton* il en a ia parlé deuant.

Pleonasmos, c'est superfluité de langaige, comme : « Ie l'ay ouy de mes oreilles, » comme : « Il disoit de sa bouche a tout les dens. »

Perissologia, c'est vne chose superfluement dicte sans cause, comme : « Les gens d'armes alloient et pilloient tout par tout ou ilz pouoient, mais la ou ilz ne pouoient aller ne piller, ilz n'y alloient point et aussi ilz ne pilloient point. » Et generallement tout remplage est deffendu.

L'Infortuné :

On se doibt garder de remplage,
De faire sens extrauagans
Et d'aliener son langage
Par propos meslé suffragans.

Exemple :

Ma mignonne, ma doulce chose,
A vous ie suis, bien dire l'ose,
Car vous estes tresgente et belle.
A mon aduis nul ne le celle.
Vous estes belle et coulouree ;
A vous ie suis sans demouree.

Item, l'en se doibt garder de *macrologia,* c'est de trop longue et superflue sentence contenante choses non necessaires, comme : « Aprés que l'excellent capitaine eut gaigné la bataille par sa vaillantise, il fist compter les mortz, commanda que chascun se retraye a son estendart ; il fist sonner les trompilles, charger l'artillerie, atteller les cheuaulx, il chargea tout, et, quant tout fust prest, il partit, marcha deuant et s'en alla au pays. »

Tautologia est vne vicieuse repeticion de vne mesme chose, comme : « Moy de moy ie l'ay faict, moy de moy moymesmes, moy sans aultre, ne sans aultre conseil que de moymesmes. »

Eclipsis est la dicte deuant ; et de toultes les manieres deuant dictes, ce sont tous les vices a repulser, se l'vne des causes deuant dictes n'y est, c'est assauoir vsage, auctorité, etc. ; mais les figures cy aprés declarees sont mises pour coulleur de rethorique quant ilz sont apenseement faictes.

Amphibologia, c'est quant la sentence est doubteuse et qu'elle se peult entendre en deux ou en plusieurs sens, comme :

amer.
Tousiours Engloys vouldroye en mer
Car ilz ne firent oncq que bien
Oncques bien.

Et de ceste figure l'en se sert pour couler en mectre retrograde souuentesffoys, comme :

Gentilz Flamens, ioingnez vous auec France.

Recours au chappitre de rithme retrograde.

Anaphora, c'est quant d'vng mot ou deux plusieurs vers sont commencez ; les exemples en sont communes.

Paranomeon, c'est figure, quant tous les termes de vne ligne se commencent par semblable lettre, comme : « Tu te tiens a ton trepié. — Tu tues tes teurterelles. »

Exemple :

Fleur redolent, tu vierge est saine,
Du vray Iesus sacree espouse,
Des sainctifiez souueraine,
Pierre elucent, trop precieuse,
Nardus souef, fontaine eureuse,
Franc cueur royal, lune esclarcye,
Mer redondant tresamoureuse,
Deuotement ton nom mercye.

Lipda, quant l'en commence tous les termes de vne ligne, comme : « La lingere laua le linge lourdement. »

Methacismus, quant *m* est pour commencement, comme : « Ma mere m'a mis mon mouchouer en ma manche. »

Frenum, quant *r* est au commencement, comme : « Le roy Richard a une riche robe rouge fourree de regnars. » Et ainsy que l'en peult veoir aux ballades de Musnier faictes de Paris et Rouen, d'ou toutes les clauses sont de semblable façon, comme de Rouen, R, retient, region, reluysant, remonstrant, roy, riche, religieux, etc., pour *ad longum*.

Colision se faict quant *s* commence, comme a la derniere clause de Paris dessusdicte.

Hyatus se faict quant *e* feminin termine les motz, comme : « Elle fut sallee la fee emblee, trouuee et portee a l'assemblee dampnee. » Et toutes ces manieres de commencer par vne lettre sont soubz vne figure de *lexeos* qui s'appelle *paranomeon*.

Il est beaucoup de figures de methaplasme et d'aultres gerres que ie delaisse pour briefueté ; mais il fault dire de sinalimphe en nostre vulgaire, qui se faict quant *e* feminin est en fin d'vng terme, et le prochain terme ensuyuant se commence par aulcun vocal, ledict *e* feminin ne se profere point, mais les deux vocalz se proferent ensemble et des deux syllabes l'en en profere vne, comme : « Tu m'as baisé, » ou « tu me as baisé. »

Nota que « m'amye » se dict par apocope et non point par sinalimphe, car on ne dict point « mon amye, » l'en dict bien « ma belle amye » et *a* ne synalimphe point; parquoy de « ma amye » l'en oste *a*. Et est a garder expressement que l'en ne face synalimphe sur le terme qui fine fin de sentence, pource que la sentence finee par synalimphe, l'en commenceroit et finiroit l'en substance par vne syllabe qui seroit malle proportion. Car la ou substance et parfaicte proportion a pris fin, l'en doibt pauser, et est la cause pourquoy l'en ne doibt point en lignes qui ont leur couppe a la quatriesme syllabe ne en la fin d'icelle faire synalimphe auec la premiere syllabe de la ligne subsequente, nonobstant qu'ilz soient encores dedens la proposition encor non parfaicte ou substance non terminee, ainsi qu'il est dict au chappitre de champ royal.

Exemple :

Synalimphe est en telle forme assise
Que on doibt tousiours se garder d'estre pris.
Se ainsy faisoye, en mal seroye apris
Garder s'en fault, de paour d'auoir reprise.

Et nota que neanmoins que synalimphe soit figure, touteffoys l'Infortuné la baille pour rigle generalle que tousiours *e* feminin en fin de terme qui a après luy vng aultre terme commenceant par vocal, doibt estre synalimphé ; et dict qu'elle fut trouuee pour auoir plus armonieuse sonorité et delectation en pronunciation ; parquoy il faict vng vice de non synalimpher.

L'Infortuné :

Nota pour le septiesme vice
Que synalimphe corrumpue
Est ainsi faicte simple et nice,
Quant la vocalle n'est rompue

De *e* feminine tenue,
Rencontree dedens le vers
D'aultre vocalle sourtienue ;
Qui n'en vse faict a trauers.

Exemple sans sinalimphe :

En ceste forme et maniere
Bien mal congrue et pou chere
Chose est longue et ennuyeuse.
C'est grant follie et facheuse;
Point ne vault la façon premiere.

Syncope, c'est quant l'en profere le mot plus court que il ne doibt, comme « preud homme » et « preud homs, » « soef » et « souef, » « prudamment » et « prudentement, » « esprit » et « esperit. »

Ainsi se faict bonne sincoppe :
« Signamment » pour « signantement, »
Pour « couppe » ne dictes pas « coppe, »
« Homs » pour « homme ; » mais proprement,
« Prudamment » pour « prudentement ».
Vous direz puis qu'il est de vsage
Et se vous faictes aultrement
Sincope sera de village.

Apocope, c'est figure assez communement practiquee en nostre vulgaire ; et se faict quant l'en ne profere point aulcunes lettres de la derniere syllabe sans synalimpher.

Comment est supply pour supplie,
Ou semblablement onc pour onques,
Et ie vous pry pour ie vous prie,
Et aussi donq dire pour doncques.
Celuy que i'aym trop, il remaint,
Ie pry Dieu qui me le remaint
Combien que l'aym de tout mon cueur,
Aussi mon cueur vers luy demeur.

Nota que l'en dict souuent « comme » pour « comment. » Mais « comme » vient de *sicut*, et « comment » vient de *quando, quomodo.*

Episinalimphe se faict, quant de deux syllabes on n'en faict que vne, comme en bas normant l'en dict : « Ou estous » pour : « Ou estes vous ? » — « Que distous ? Vous coffous ? » pour « Que dictes vous ? vous coffés vous, varlés ? » Et en picart l'en a coustume de dire « no maistre » pour « nostre maistre » — « Ou allieus ? en vo maison, » en lieu de dire : « Ou allez vous ? en vostre maison. »

te appelloyent
Les gens t'apelloyt teste folle ;
portoyent
Point ne te portoyt reuerence,
sçauoyent
Car il ne sçauoyt quel science
auoyes
Tu auoys apris a l'escolle.

Se me aide Dieu.
Se m'aist Dieu.

Apheresis se faict, quant on oste vne lettre ou sillabe du commencement du terme : « Vous aez eu cent escus, » pour : « Vous auez eu cent escus. » Et de ce se pratique vne couleur de rethorique en l'ostant de vng terme et le mettant en vng aultre, comme qui est de *methatesis*.

Poingnez villain, il vous oindra ;
Oingnez villain, il vous peindra.

Oncques paoureux ne fist beau faict,
Se dict vng lyeur de chardons.
Oncques foureux ne fist beau pet,
Se dict vng chyeur de lardons.

Dyheresis se faict, quant vne sillabe se part en deux, comme : « L'en le peult veoyr par la royne, » faisant « veoir » de deux sillabes, et « roynne » de trois.

Ie lesses a desclarer les aultres figures de *lexeos* et de *tropos* et plusieurs aultres grammaticalles, lesquelles sont pratiquees auec les couleurs de rethorique cy deuant au premier liure desclarees, et le sourplus l'en pourra veoir es liures de grammaire, pour cause de brefueté.

TABULA

TABULA

Ensuit la table du liure de la rethorique de rithme, laquelle nous auons mise a part, pour plus facillement trouuer les termes & figures contenues en icelle.

FINIS.

En lhonneur/gloire/et exultation de
tous amateurs de lettres et signamment de eloquence ¶ Cy
fine le grant et vray art de pleine Rhetorique/vtille, proffi-
table/et necessaire: a toutes gens qui desirent a bien elegam
ment parler et escripre. ¶ Compille et compose Par tresex-
pert/scientifique et vray orateur Maistre Pierre Fabri. En
son viuant cure de Meray et natif de Rouen. ¶ Par lequel
vng chascun en le lysant pourra facillement/et aorneement
composer et faire toutes descriptions: tãt en prose comme en
rithme. ¶ Cest assauoir En prose: Comme Oraisons/Let-
tres missiues/Epistres/Sermons/Recitz/et requestes.
A toutes gens/et de tous estatz. ¶ Item en Rithme/Chãtz
royaulx/Balades/Rondeaux/Virelays/Chansons. Et
generallement de toutes sortes/tailles/et manieres de com
position. Nouuellement Imprime a Rouen Par Thomas
Rayer Demourant au moulin de sainct Ouen. Pour Sy
mon Gruel Libraire demourant audict lieu. Tenant sa bou
ticle au portail des Libraires.

www.ingramcontent.com/pod-product-compliance
Ingram Content Group UK Ltd.
Pitfield, Milton Keynes, MK11 3LW, UK
UKHW022029170726
13837UKWH00001B/491

9 782329 446318